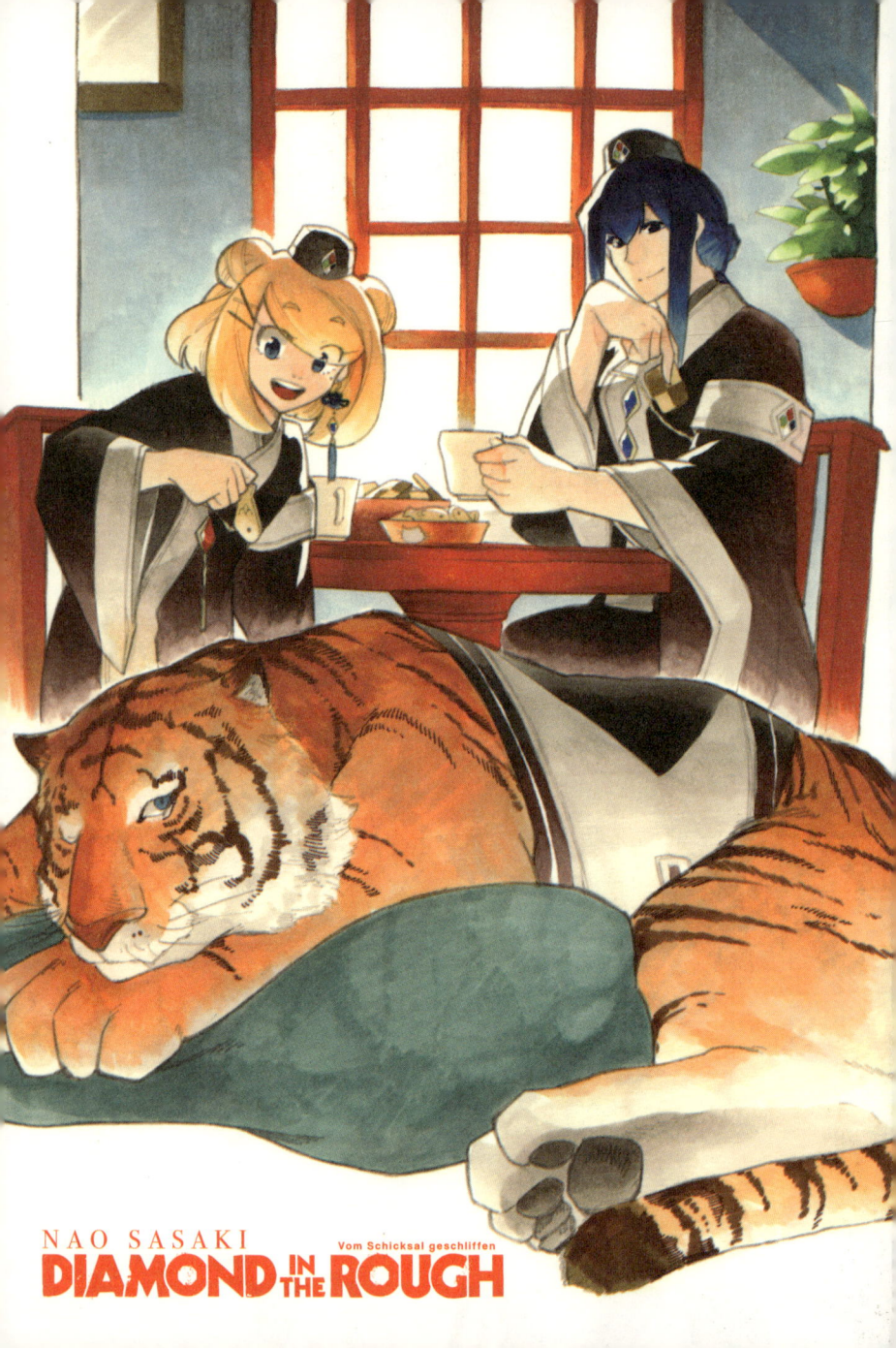

Kai

Seine Familie und sein linkes Bein, in dem nun der rote Diamant steckt, wurden von einem mysteriösen Erzhandwerker versteinert.

Mineral ◆ Roter Diamant

In einer Welt, in deren Mittelpunkt die Steine stehen, trifft der reisende Erzhandwerker Akeboshi in einem unterirdischen Dorf auf einen Jungen namens Kai, dessen Bein und Familie vor drei Jahren von einem mysteriösen Mann versteinert wurden. Doch als wäre das nicht genug, steckt in Kais Bein ein unheimlich seltener und deshalb wertvoller roter Diamant, wegen dem er von einem boshaften Händler kontrolliert wird.

Akeboshi beschließt Kai zu helfen und macht ihn zu seinem Lehrling. Gemeinsam brechen sie auf, um herauszufinden, wer für Kais Übel verantwortlich ist. Ihr erstes Ziel ist dabei der Bergbaubund, doch auf dem Weg dorthin kommt ihnen ein weiterer Erzhandwerker in die Quere, dem kein Mittel zu schade ist, um an Kais Diamanten zu gelangen. Akeboshi stellt sich ihm im Kampf, doch er hat dem Gift der Stibniten des Mannes nicht viel entgegenzusetzen. Dann aber leuchtet Kais Diamant plötzlich auf ...

Mann mit dem Dreilinienkreuz

Ein rätselhafter Mann, der plötzlich aufgetaucht ist und es auf Kais Diamanten abgesehen hat.

Mineral ◆ Stibnit

Ko

Sie tritt Feinden gemeinsam mit ihrem Tigergefährten Huang-Fu gegenüber und vergöttert Akeboshi.

Mineral ◆ Tigerauge

Akeboshi

Er ist Erzhandwerker, Kais Retter und Lehrmeister. Er ist zwar nicht besonders gut im Lehren, gilt aber als äußerst gekonnt im Umgang mit Rubinen.

Mineral ◆ Rubin

INHALT

DIAMOND IN THE ROUGH
Vom Schicksal geschliffen

Nao Sasaki

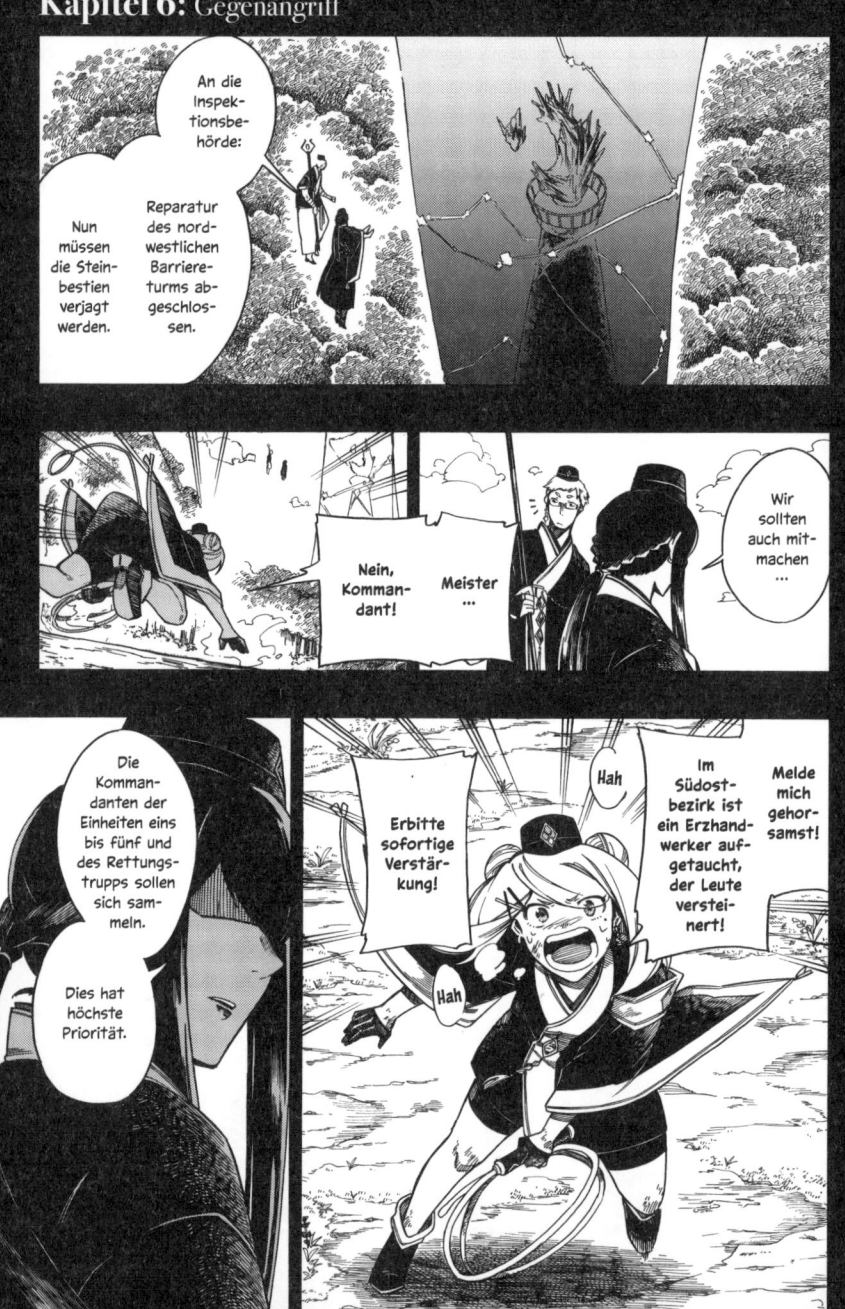

Ich dachte, bei Diamanten hätten die Kräfte immer etwas mit Härte zu tun, aber ...

Welche Kräfte man ihnen jedoch entlocken kann, hängt vom Erzhandwerker ab.

Die Bedeutungen der Juwelen beruhen auf ihren Eigenschaften und ihrer Geschichte.

... sie drehen sich um ihre Leuchtkraft! Der Gegenangriff beruhte auf dem Reflexionsgrad der Diamanten!

Kai!

Knick

Ach was ...

Ein zweites Mal wird das nicht klappen.

Ups, nicht bewegen!

Wie oft soll ich es dir noch sagen?
Schlulupp
Du ...!
Herr Akeboshi!
Stapf-
Keine Sorge!
Ich, Ko, lasse Sie nicht im Stich!
Ich werde Ihnen helfen!
Krack
Ko ...!

Tschamm

Die Ver-
stärkung
ist da!

...!

Kai, ich
hab dich
warten
lassen
...

Wir
werden
dich un-
terstüt-
zen.

Zu
deinen
Diens-
ten.

S...
Sakon
...!

Kommandantin der ersten Einheit der
Inspektionsbehörde des Bergbaubunds
Sakon

Gwoah

Rubin!

Blühender Flammenfächer!

Tschack

Danke.

Domm

Setzt du Feuer ein, wird Giftgas freigesetzt!

Schon vergessen?

Pfumm

Glitzer

Lapislazuli!

Reinigende Kristallsphäre!

... wird man von jeglichem Übel gesäubert.

Mein Juwel ist der Lapislazuli.

Erlaubt mir, mich vorzustellen.

Er ist in dieses Drahtseil eingearbeitet und wenn man sich darin verfängt ...

Pfiufiuh

Aber sieh zuerst nach dem Jungen!

Danke ...!

Stampf

Dann heil ich dich lieber schnell!

Du lebst noch ?!

Meine Wunden hab ich selber ausgebrannt.

Aber nur weil der Junge Zeit für mich gewonnen hat.

Ich bin okay.

Was ist mit dir?

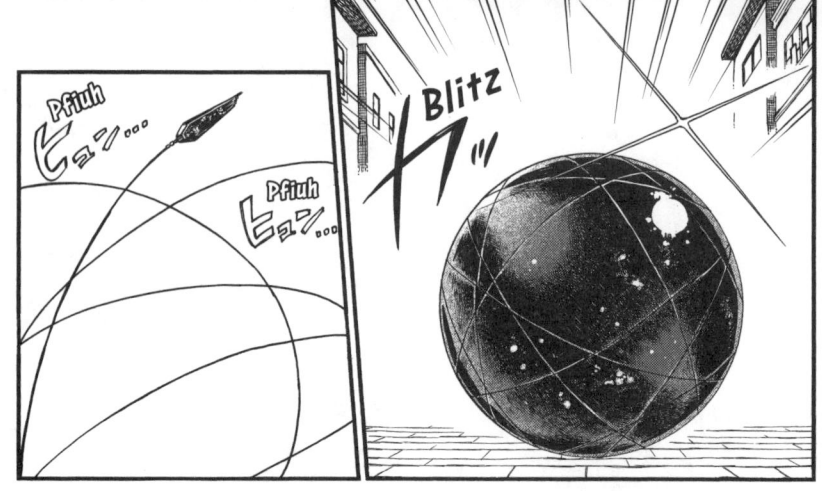

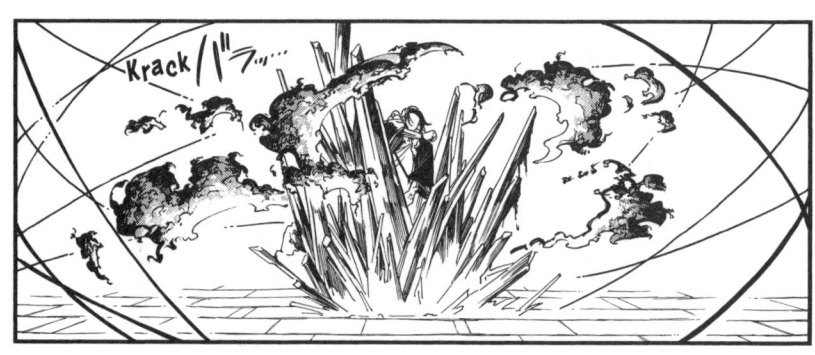

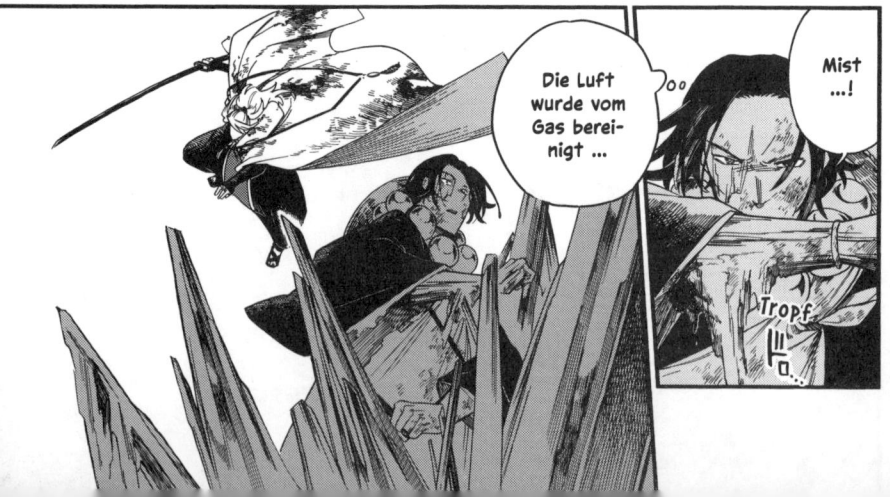

Tsching

Gritsch

Sehnsucht, Respekt und Erwartung. In all dem hast du immer gebadet, Herr Funkelsteinchen.

Doch ...

Ist er ...?!

Seit jeher ...?

Seit jeher versammelst du Freunde um dich.

Nicht schlecht, Taubenblut ...

?!

Srt

... wie viele Kieselsteine hast du auf dem Weg dorthin zertrampelt?

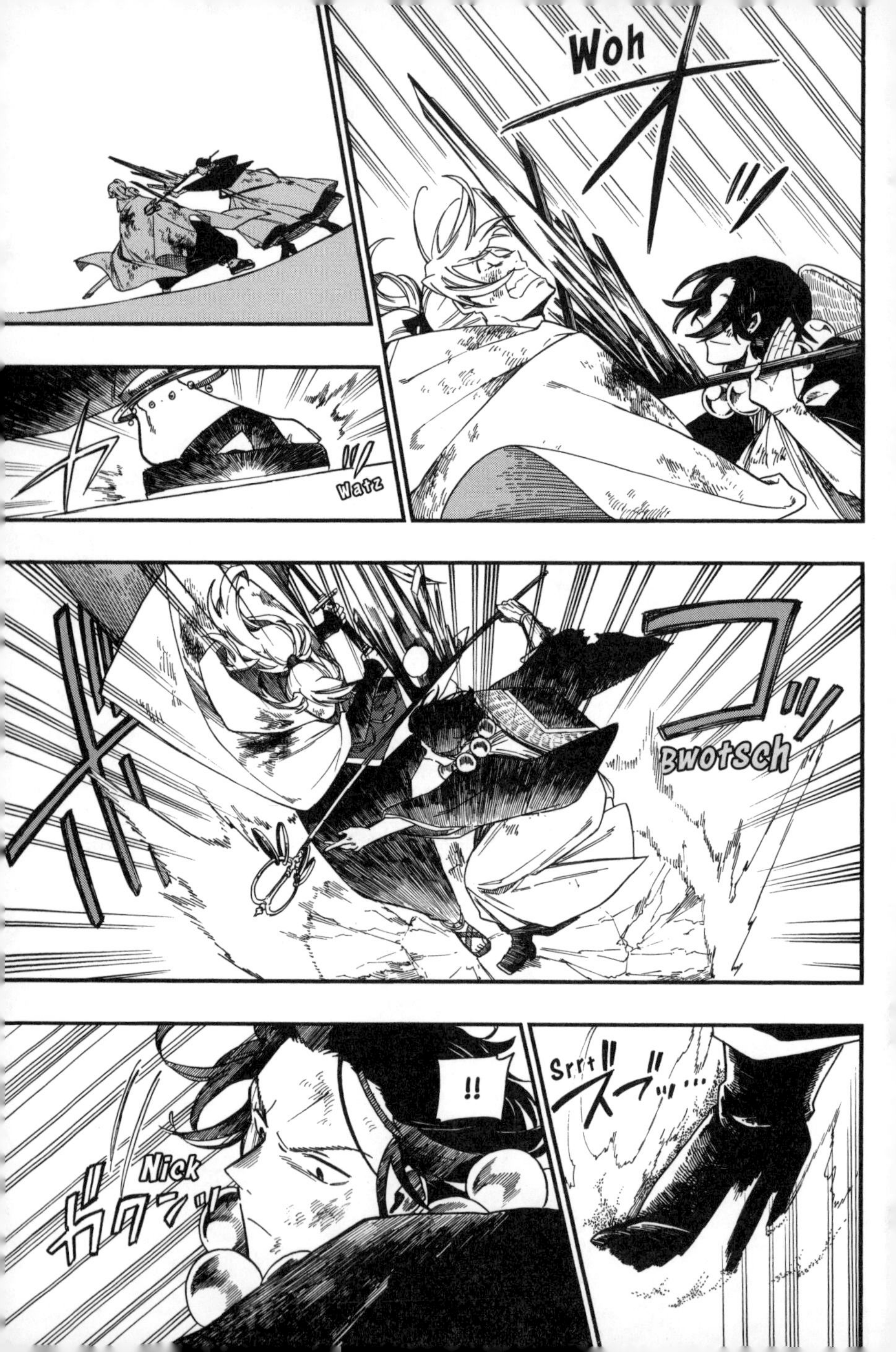

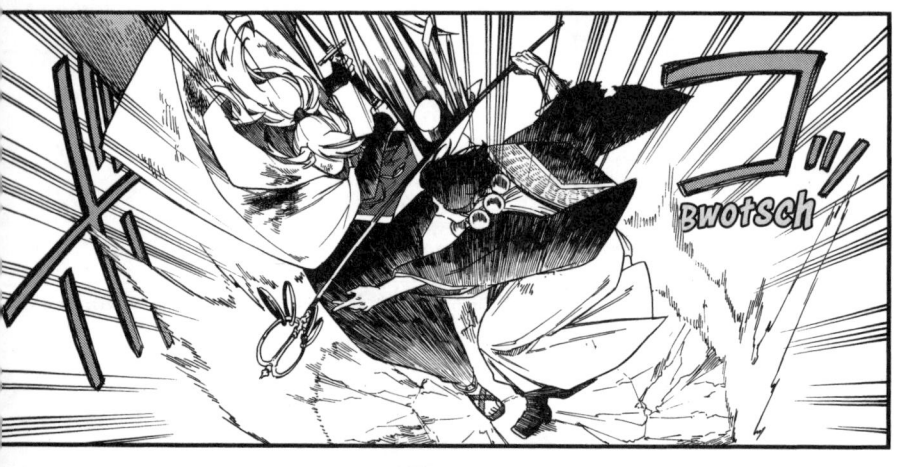

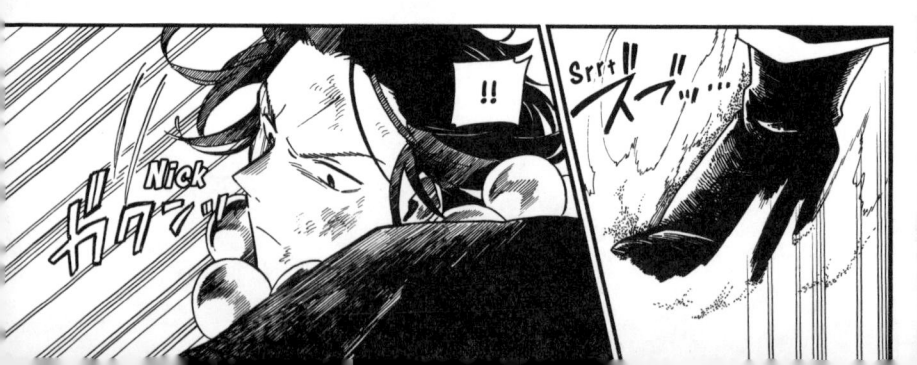

Fwiuh

Watz

Yin
...

...
Auf-
tritt,
heißt
das.

Für
unseren
...

Zeit für
unseren
Auflauf.

...

Poh

Hah

Na
los!

Sehr
wohl!
...

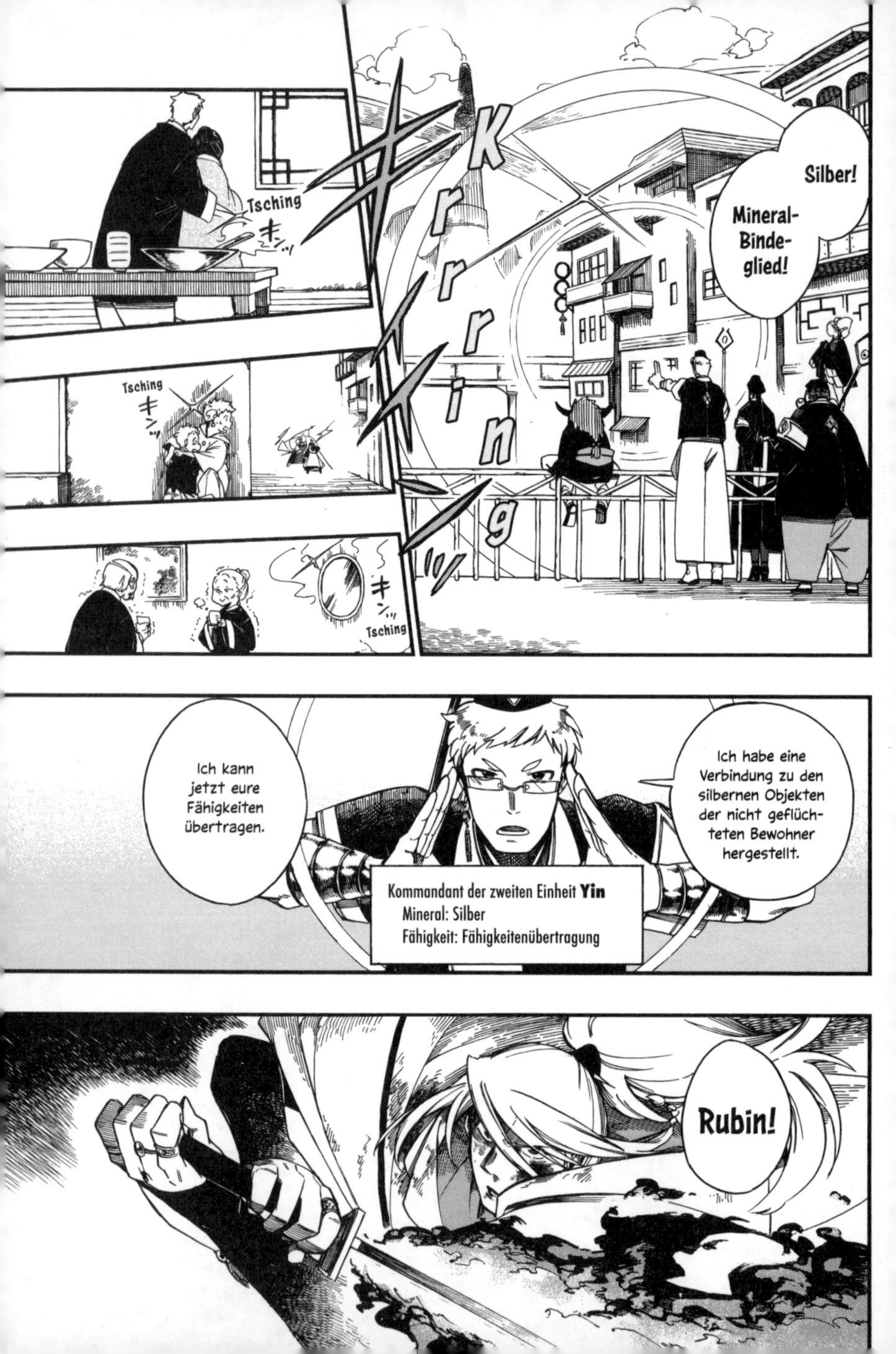

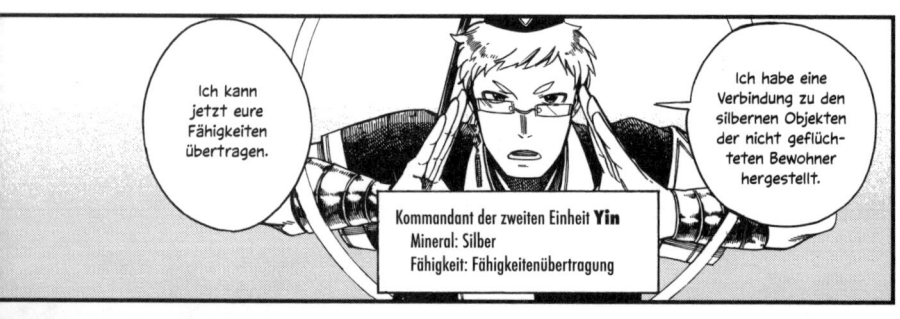
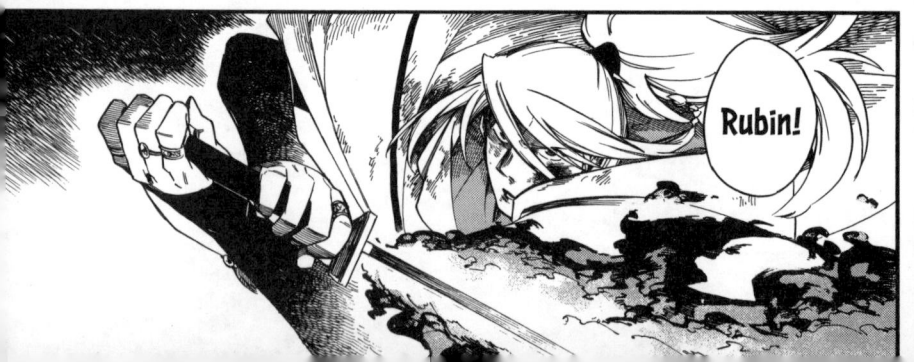

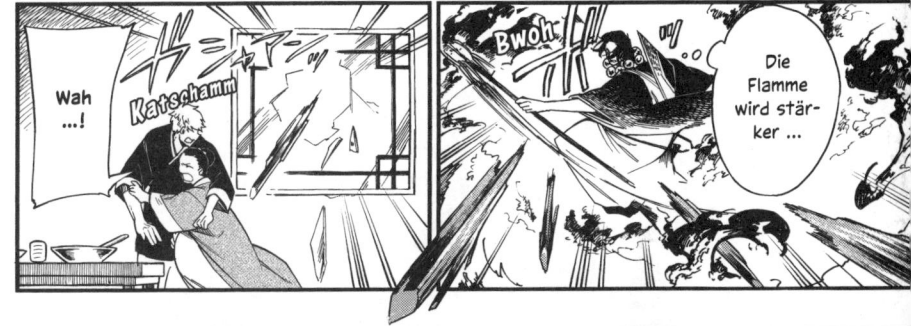
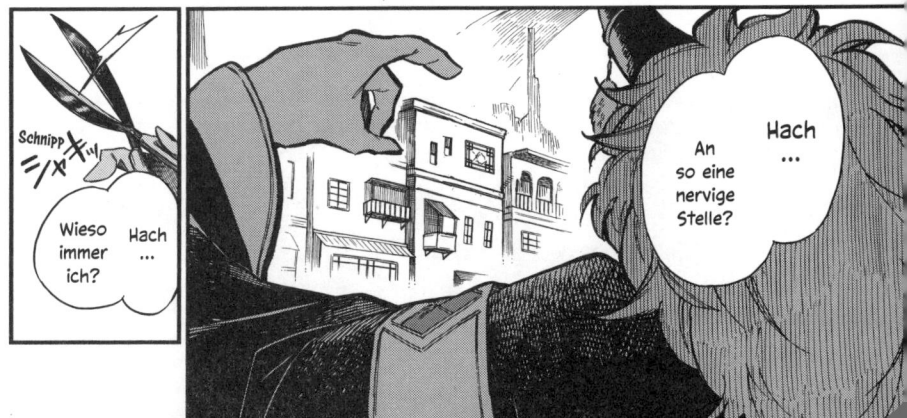

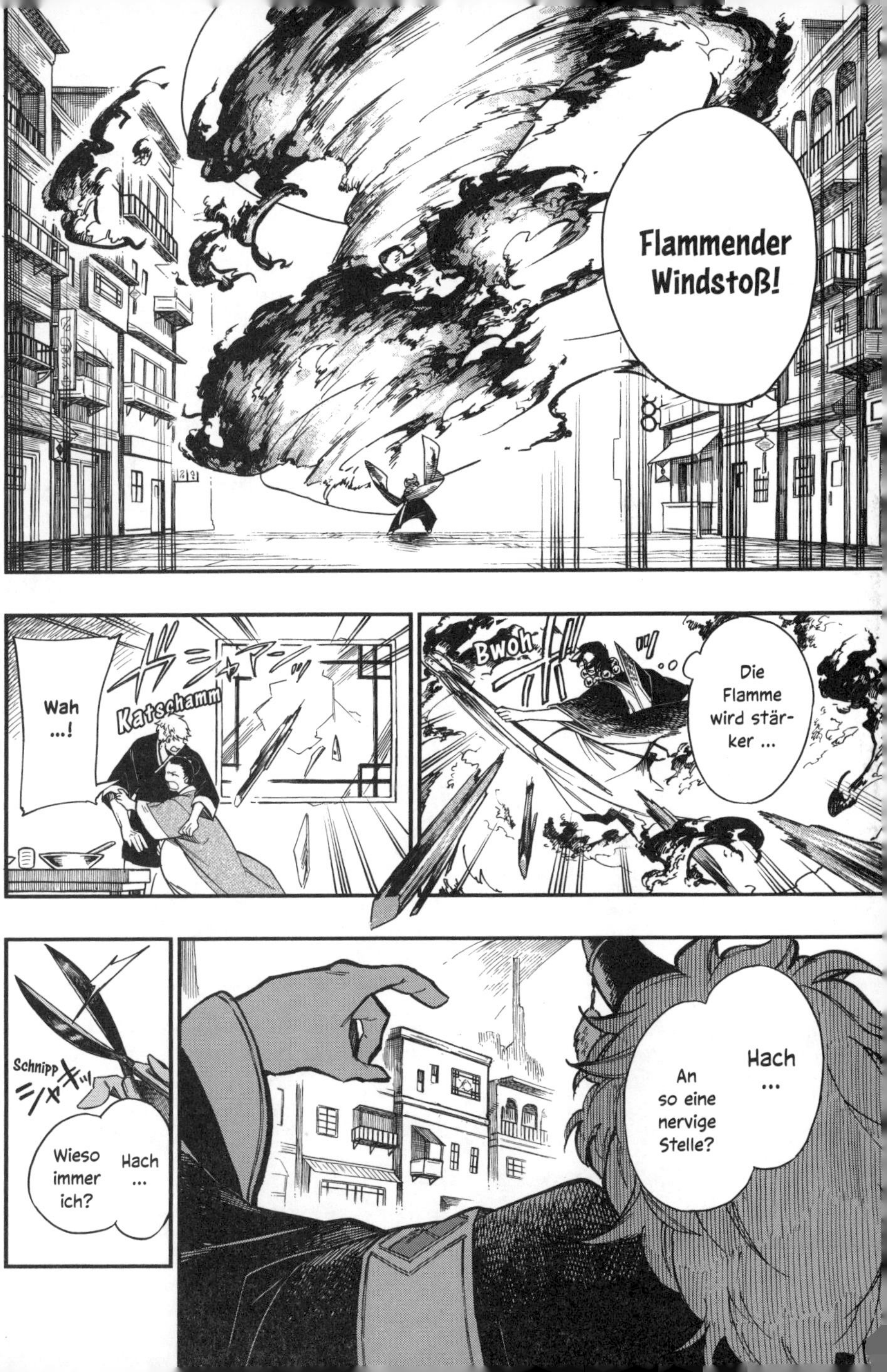

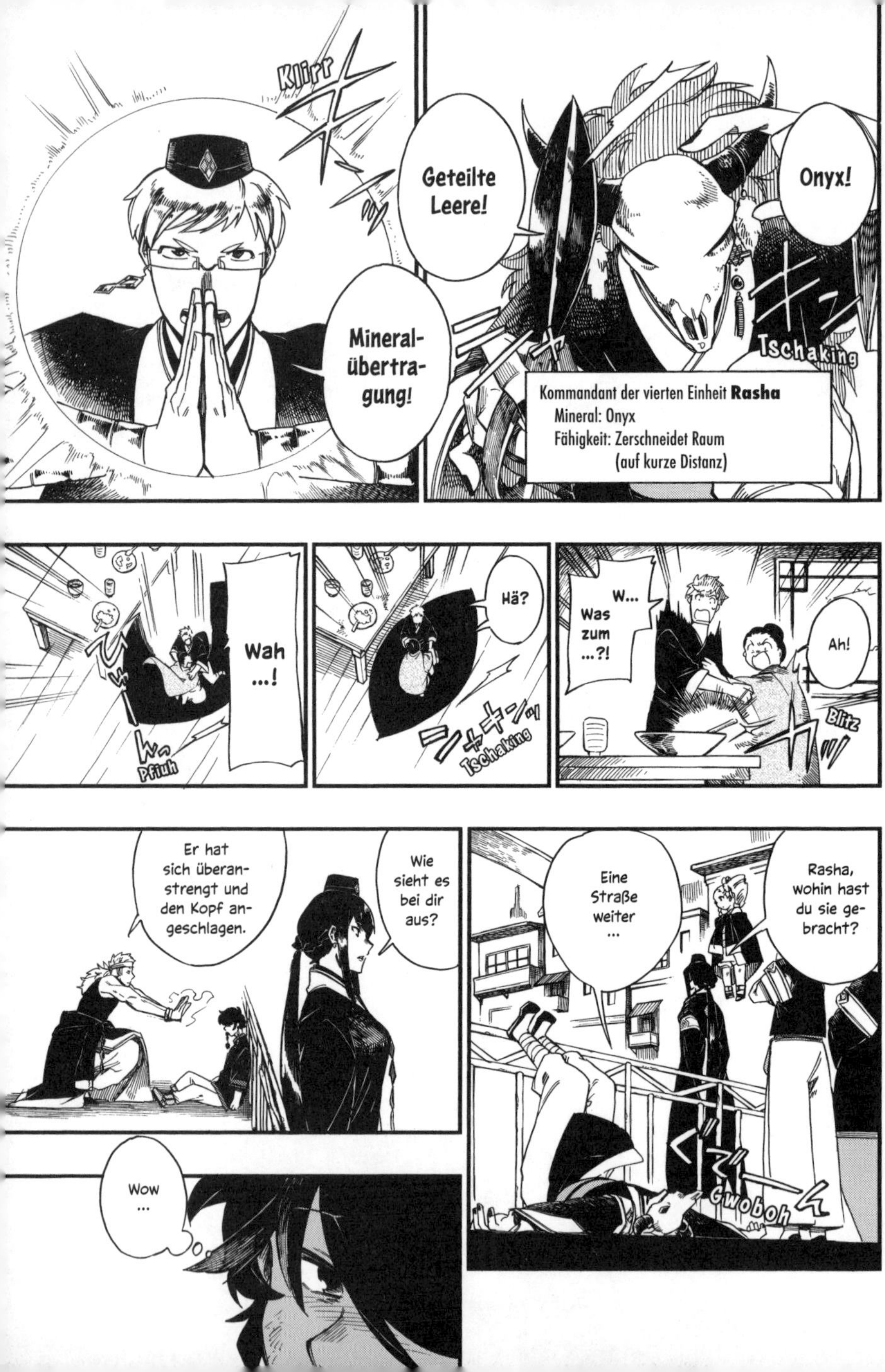

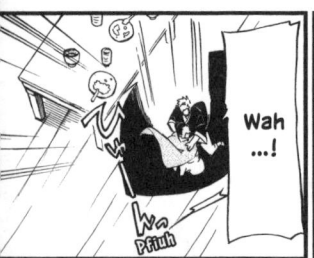
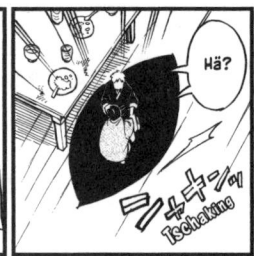
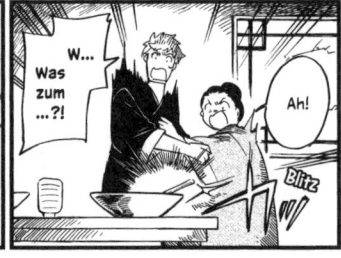
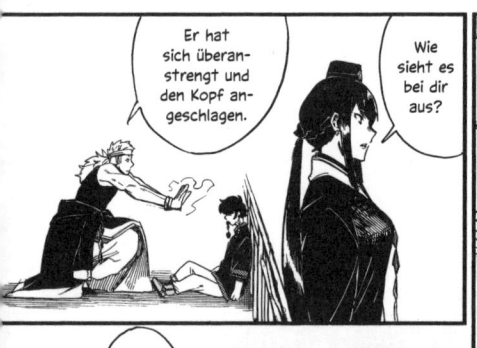
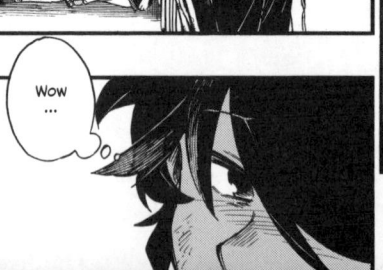
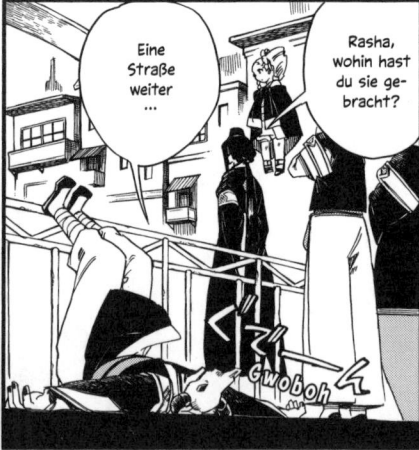

Sicher nicht! Soll ich deinen Kreislauf stoppen und dich töten?

I... Ich will helf...

Erzhandwerker sind wirklich beeindruckend ...

War nur ein Scherz!

?!

Dein Meister wird ...

Kommandant des Rettungstrupps **Chitose**
Mineral: Blutstein
Fähigkeit: Heilung

... ganz sicher nicht verlieren.

... solange es keine Geiseln gibt ...

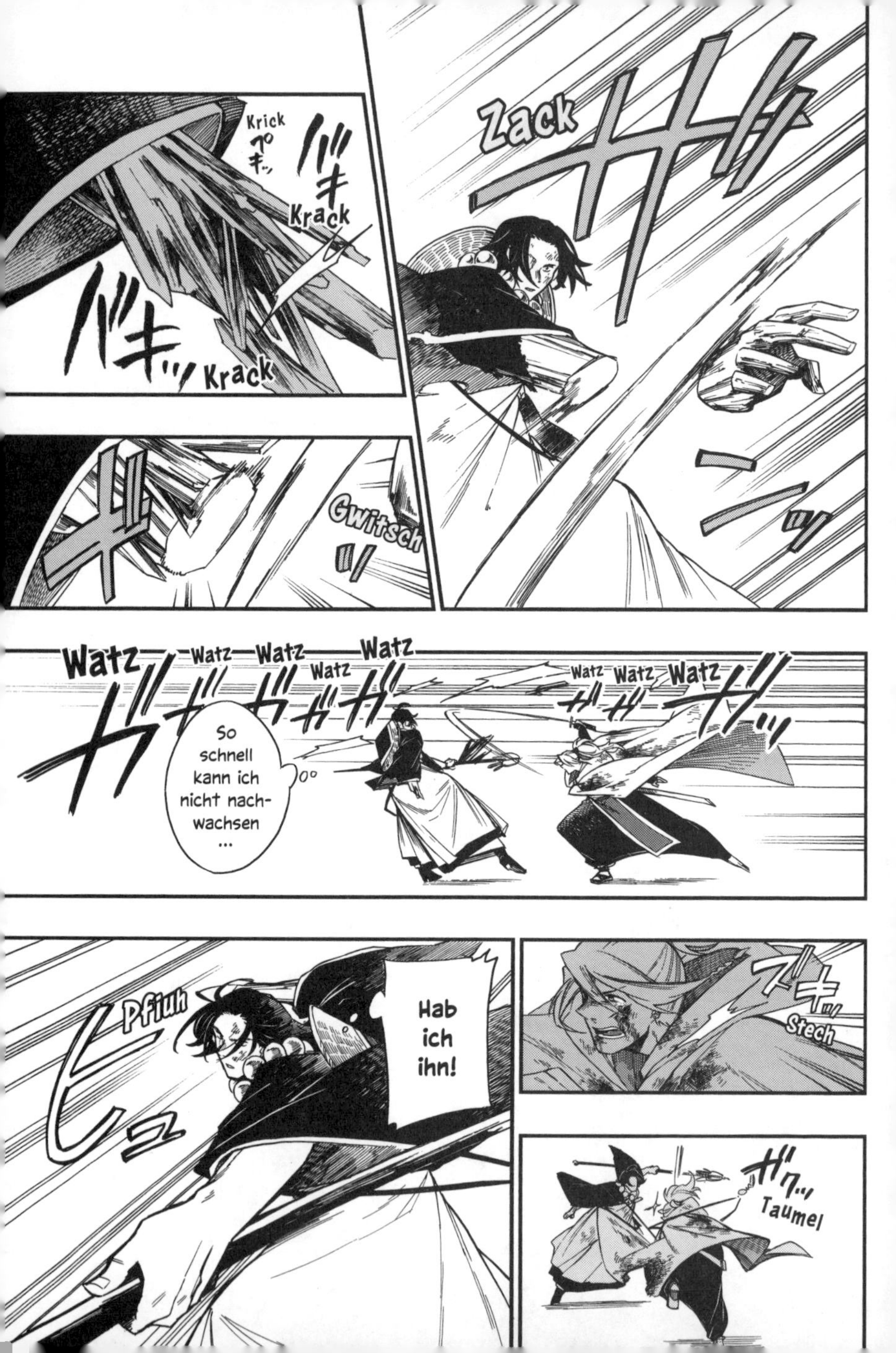

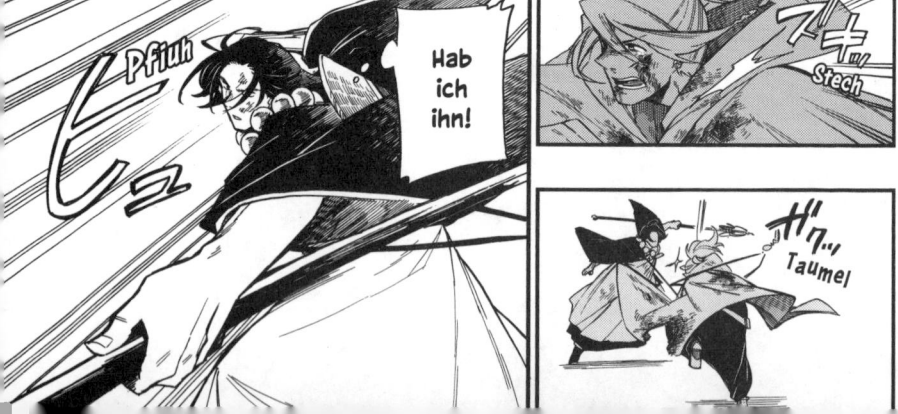

?!

Bwuh

Oh!
Rein-
gelegt! ♡

Der war nicht echt.

Kommandantin der fünften Einheit **Shirai**
Mineral: Apatit
Fähigkeit: Illusionen

Glitzer

Eifer-
süchtige
Kerle wie
dich bin ich
gewohnt.

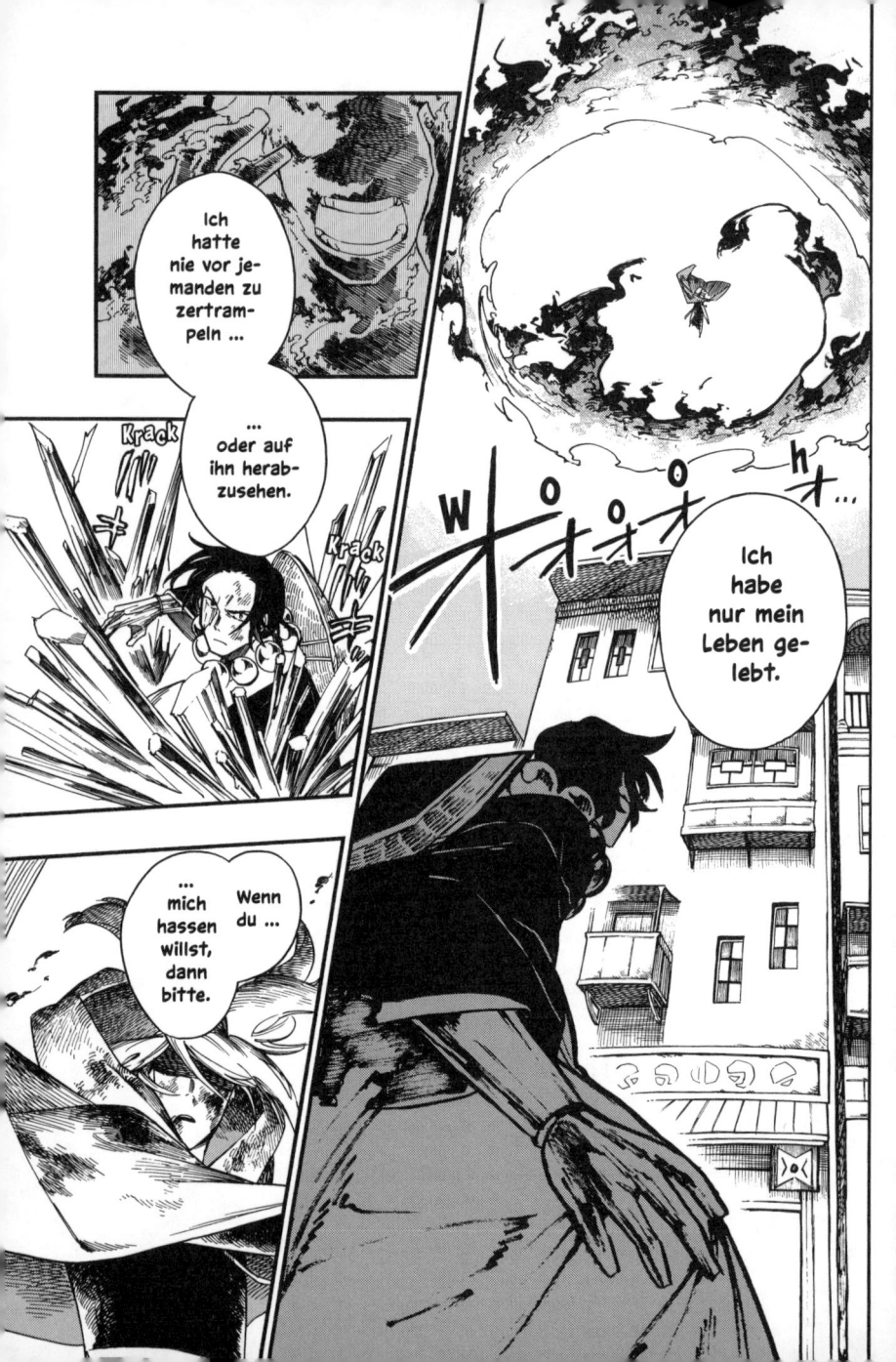

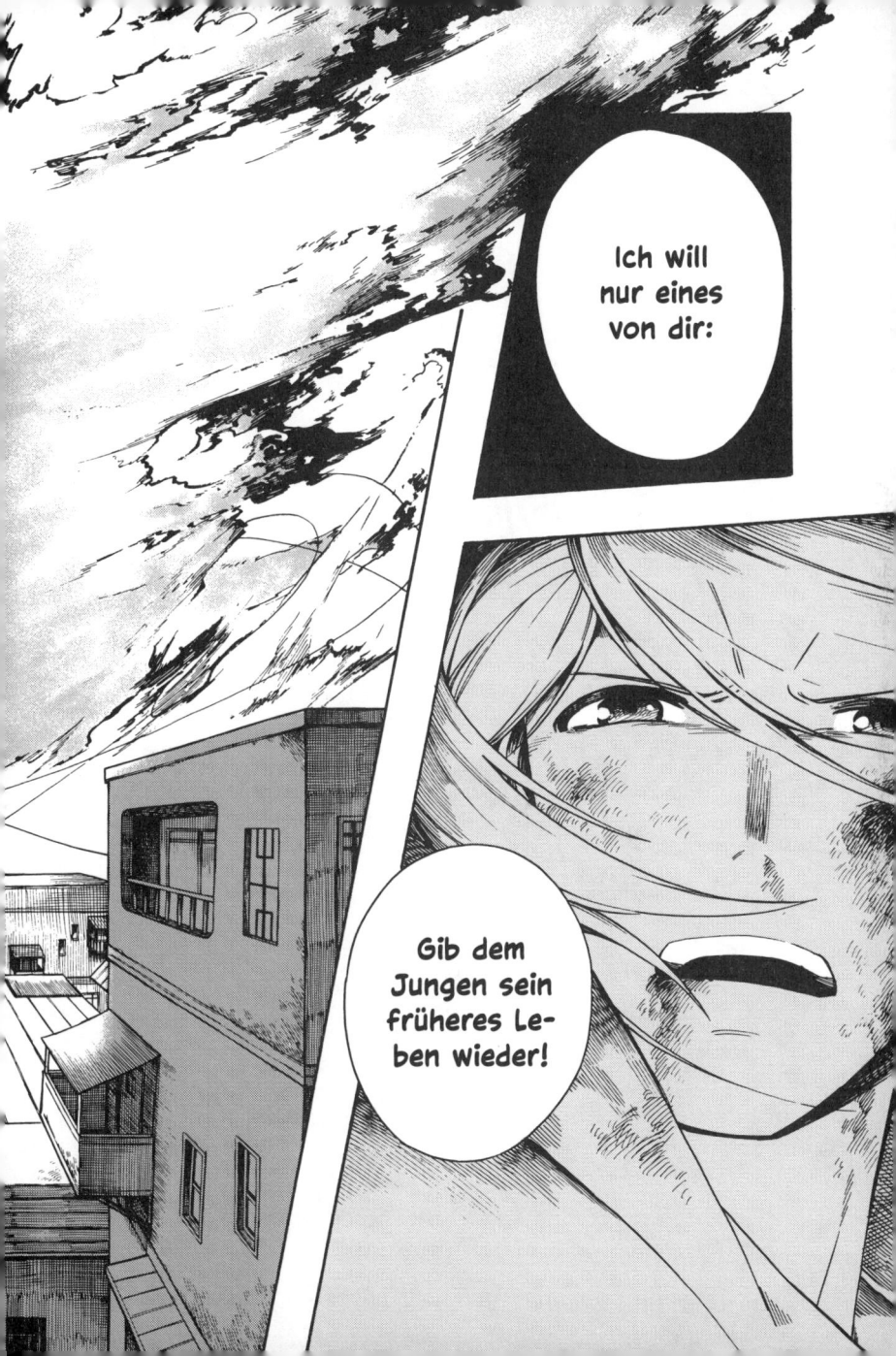

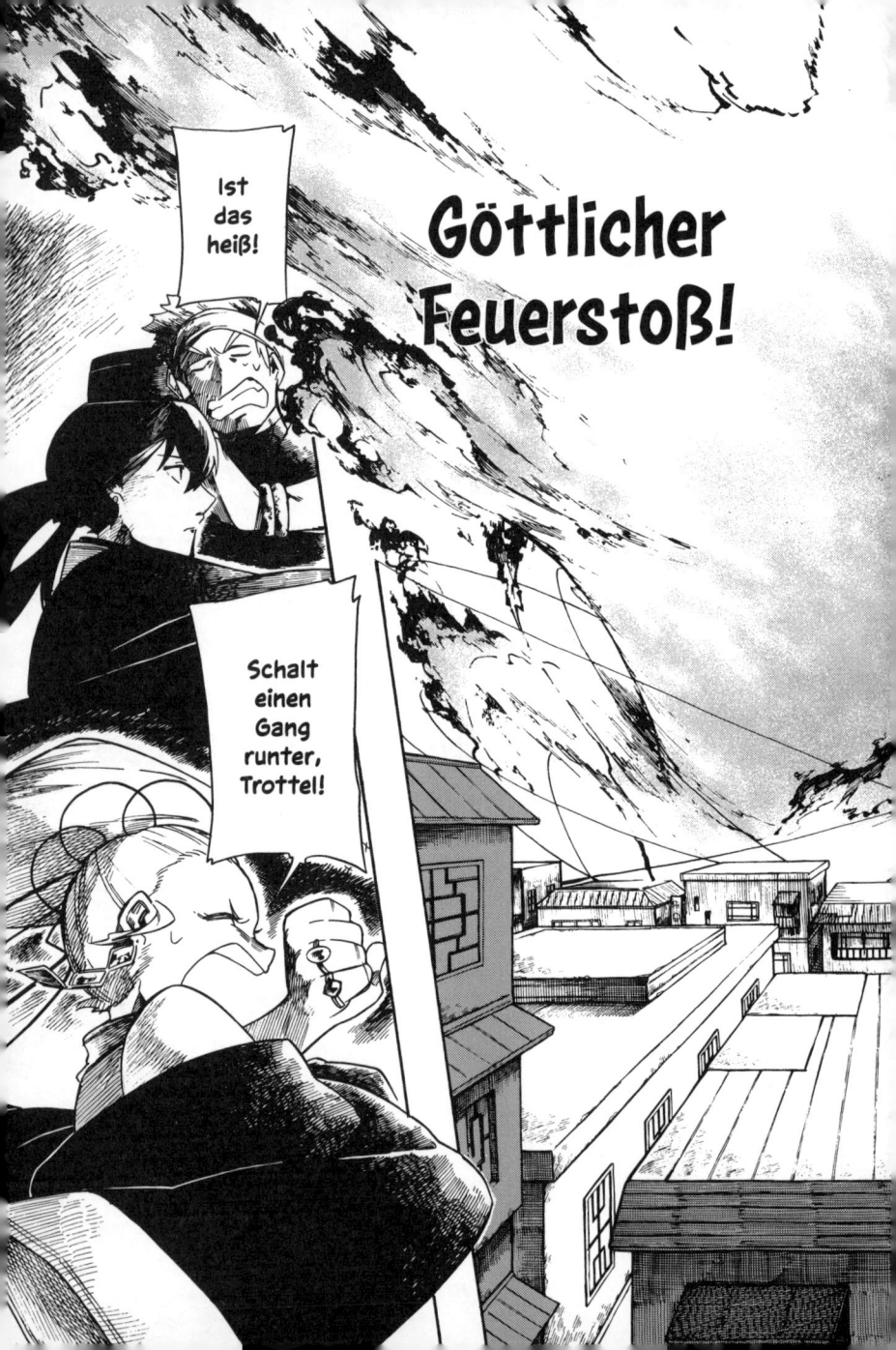

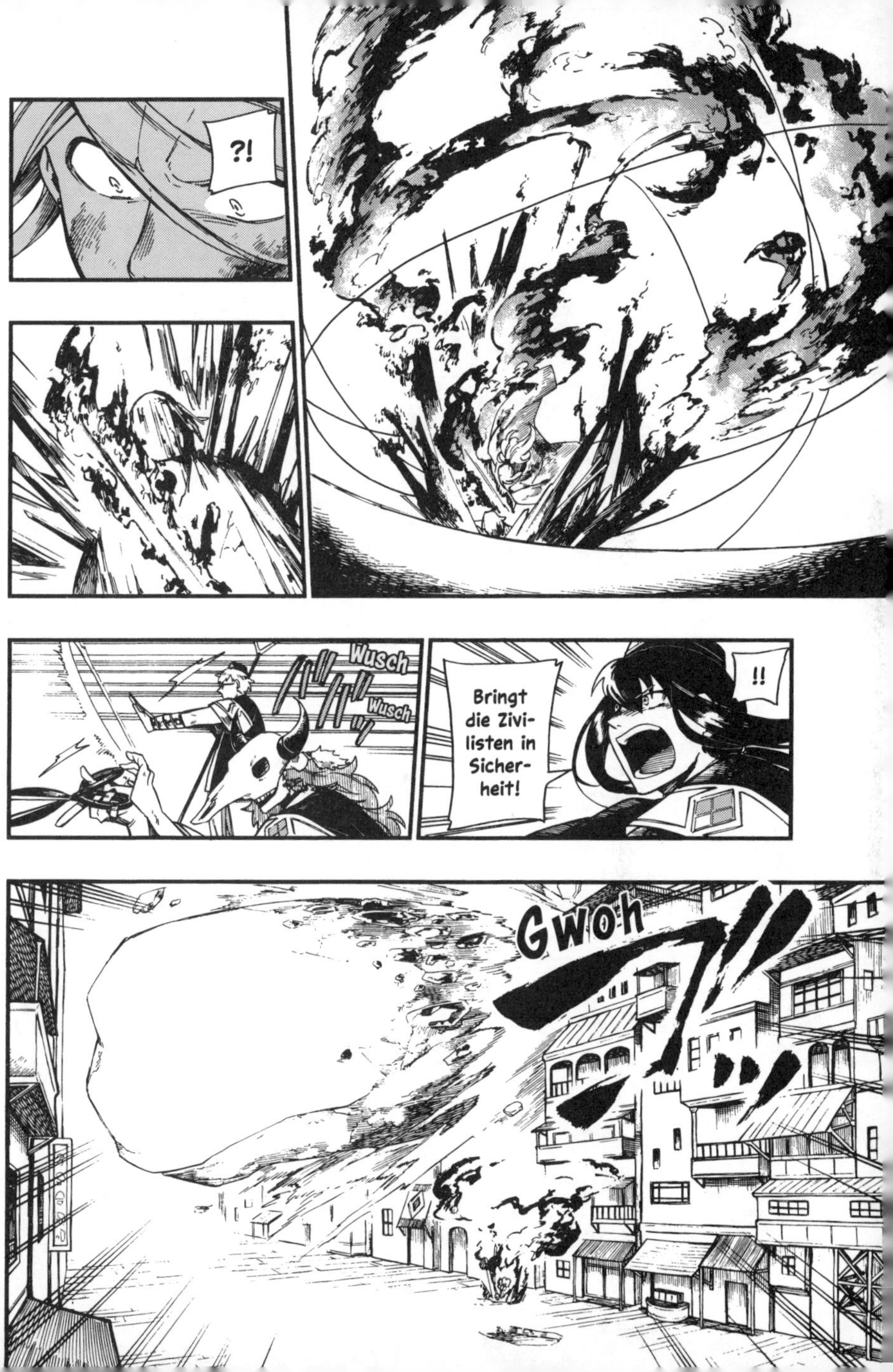

?!

Wusch
Wusch

Bringt
die Zivi-
listen in
Sicher-
heit!

!!

Gwoh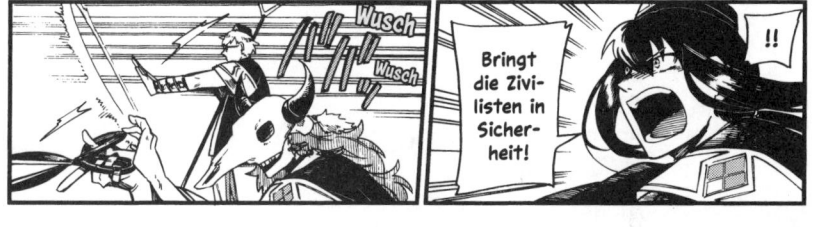

!!
Du hast komplett verloren!
Ich habe nicht verloren!
Pah!
Von wegen ich soll dir den roten Diamanten überlassen!
Stopp!
Watz Watz Watz
Herr Akeboshi!
?!
Mit so einer Wunde ist das Leichtsinn.

Bei Feinden kann nicht die Rede von freundlich sein ...

Wir sollten froh sein, dass sie so freundlich waren und sich zurückgezogen haben.

Ja ...

H... Herr Akeboshi ...!

Sie müssen schnell verarztet werden!

...

... seid ihr wohl- auf.

Zum Glück ...

Im Ernst, ich hab es nicht vermasselt.

Ich habe nicht verloren! Nein!

Nein, nein, nein!

Jaja...

Strampel

Strampel

So wie es geplant war.

Der Samen ist gepflanzt.

Das Haus
des alten Bao

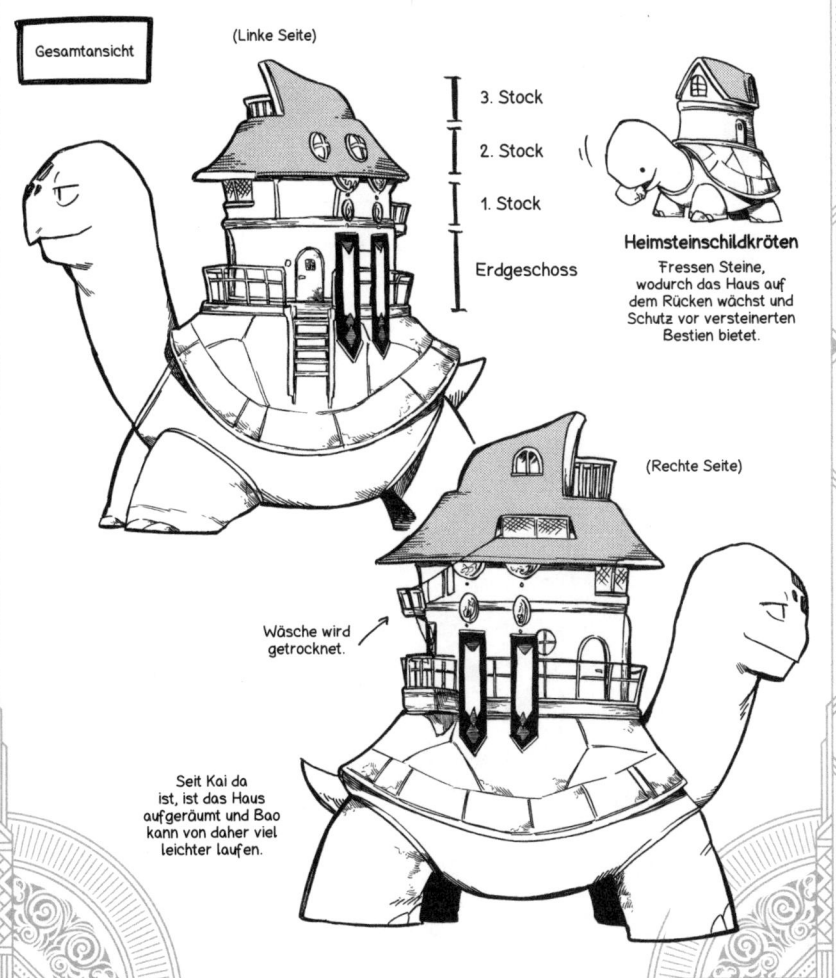

Gesamtansicht

(Linke Seite)

3. Stock

2. Stock

1. Stock

Erdgeschoss

Heimsteinschildkröten
Fressen Steine, wodurch das Haus auf dem Rücken wächst und Schutz vor versteinerten Bestien bietet.

(Rechte Seite)

Wäsche wird getrocknet.

Seit Kai da ist, ist das Haus aufgeräumt und Bao kann von daher viel leichter laufen.

...brachte man uns zum Krankenturm des Bergbaubunds.

Nachdem der Stibnitmann geflohen war ...

...mit Fieber im Bett.

...mangelnder Leitkraft zu sehr und lag wohl drei Tage und Nächte ...

Laut Ko verausgabte ich mich wegen ...

...guckte mich Akeboshi, der noch schlimmer verletzt worden war als ich, voller Sorge an.

Als ich aufwachte ...

Als ich wieder voll genesen war ...

Östliche Zweigstelle des Bergbaubunds

... wurden wir von ...

Vorsteherin der östlichen
Zweigstelle des Bergbaubunds
Mumyo

...
Person
vorgela-
den.

...
einer
mega-
wich-
tigen
...

Ja
...

Kai,
nicht
wahr?

...
sowie der
Junge mit
dem roten
Diamanten.

Akeboshi
der Rubin,
ehemals
eines der
zwölf
Stein-
bilder
...

J...
Jawohl!

Zuck

!
Wieso
klingt
sie so
komisch
...?

Kein
Grund,
so nervös
zu sein.

Sei
ge-
grüßt,
Kai.

Hi
hi
...

Gwatt

Also
...

...
seid
dankbar,
dass ihr
ihre Worte
vernehmt!

Der
Mecha-
nismus wan-
delt die Schwin-
gungen schließ-
lich in Töne um,
die für uns
hörbar
sind.

...
Mum-
yo keine
Stimme
hat, lässt
sie diesen
Kristall
vibrie-
ren.

Da
Meis-
terin
...

!

Nun, Kai, zuerst zu dir.

Dürfte ich den roten Diamanten sehen?

Ähm ...

Kein Zweifel.

Und?

... müssen wir zum Schutz des Diamanten ...

Dann ...

GWIPP GWIPP

Zweifellos ein roter Diamant!

Ein so großer sollte eine Milliarde wert sein ...

... und wegen deiner Strafe ...

... Maßnahmen ergreifen, Akeboshi.

Str... Strafe ...?!

... kommen könnte, muss er ihn umgehend dem Bergbaubund melden.

Entdeckt ein Erzhandwerker einen seltenen Stein, wegen dem es zu Konflikten ...

Die Mineralien aller Gebiete wie auch alle Erzhandwerker unterstehen dem Bergbaubund.

Er hat gegen die Meldepflicht verstoßen.

... Hast ...

... du nicht daran gedacht, dass er vielleicht ...

Hä ...?!

Spricht stocksteif.

... könnte womöglich die Absicht gehegt haben, den roten Diamanten zu entwenden.

Er ...

... Diamanten so nett zu dir ist?

... nur wegen deines roten ...

Nein.

...Zeit, deine Version zu hören.

Ake-boshi...

Der Kristall reagiert nicht.

Es ist wohl die Wahrheit.

Gerade weil mir die Signifikanz eines roten Diamanten bekannt ist ...

Es stimmt, dass ich den Fund nicht gemeldet habe.

...hatte ich Bedenken.

Wie bitte?

Aber das hat einen Grund.

Der Bund hätte sofort ...

... Leute geschickt, die den Stein beschützen sollen, und der Junge hätte diese Stadt so gut wie gar nicht verlassen können.

Die Freiheit und Würde des Jungen.

... um Sie um einen Gefallen zu bitten, Meisterin Mumyo.

Deshalb sind wir nun selbst hier ...

Ich flehe Sie an ...

Hä?

Hä?

Du Wurm, was fällt dir ...!

Was zum ...?

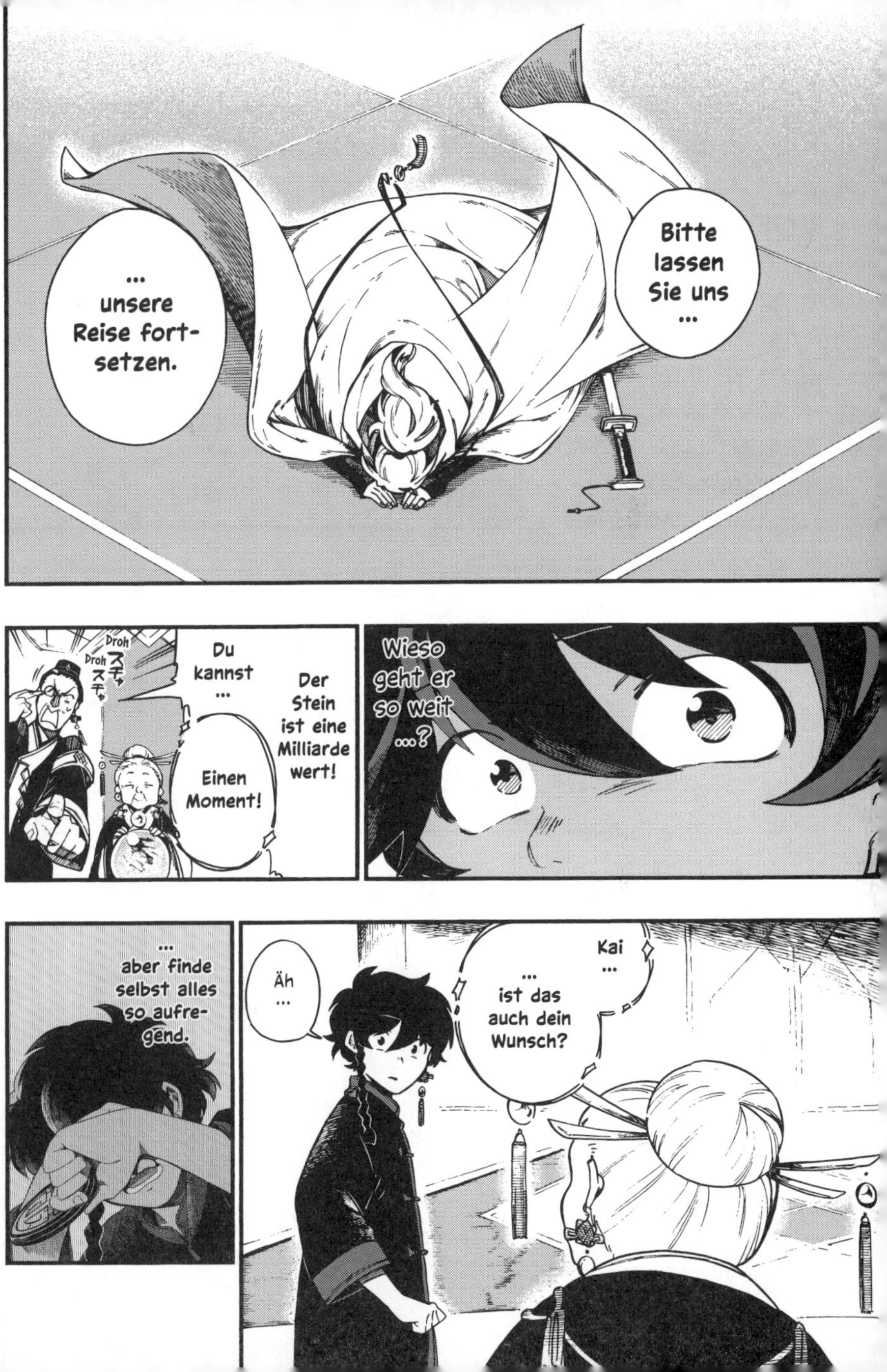

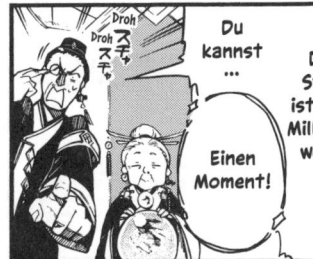
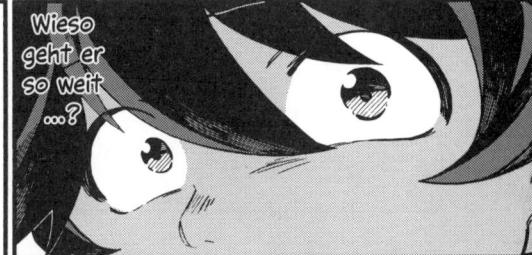
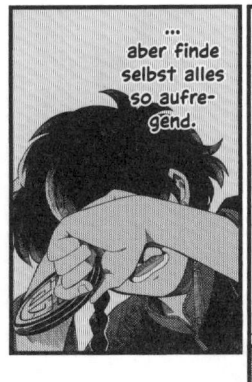
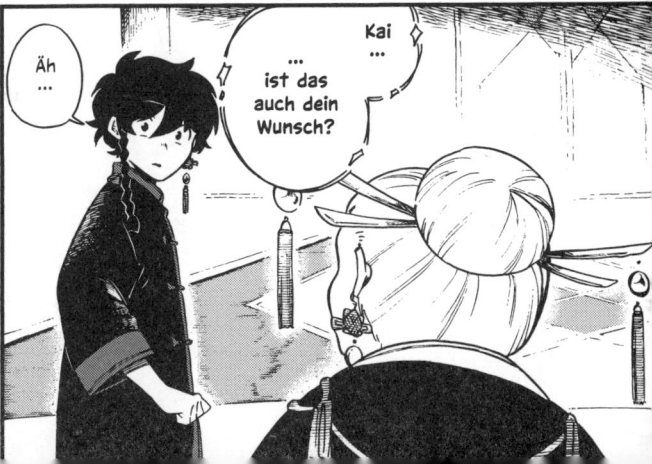

Auch ich bitte ... ... Sie ...

Sst

Ist es!

Ja!

Mit Akeboshi ...!

Es ist würdelos ...

... Kinder auf die Knie gehen zu lassen.

Hör auf.

... als Organisation benötigen wir ...

... eine Absicherung sowie einen klaren Nutzen, um die Reise zu genehmigen.

Suchen Sie sich eine Absicherung Ihrer Wahl aus.

Was den Nutzen angeht ...

Deine ...

... Gefühle als sein Lehrmeister in Ehren, Akeboshi, aber ...

Meisterin!

Poff

Patt

Poff

... Grund, euch die Reise zu erlauben!

Nur weil wir ihn auch suchen, ist das kein ...

Hä ?!

Patt

Patt

Ich werde die Person ...

... hinter dem Angriff gefangen nehmen.

... war früher beim Bergbaubund.

Dieser Mann ...

... war unsere erste Begegnung ...

Es ...

...!

Raun

Hä ...?!

!!

!!

... er nann-te mich Tauben-blut.

... aber ...

Kuro-tobi ...

Meis-terin ...!

Hä? Ist der Spitzname so speziell?

Es muss Kuro-tobi sein.

Er kennt den Namen Taubenblut, beherrscht Stibnite und ist aus dem Bund ausge-treten.

... der Schwarz-milan.

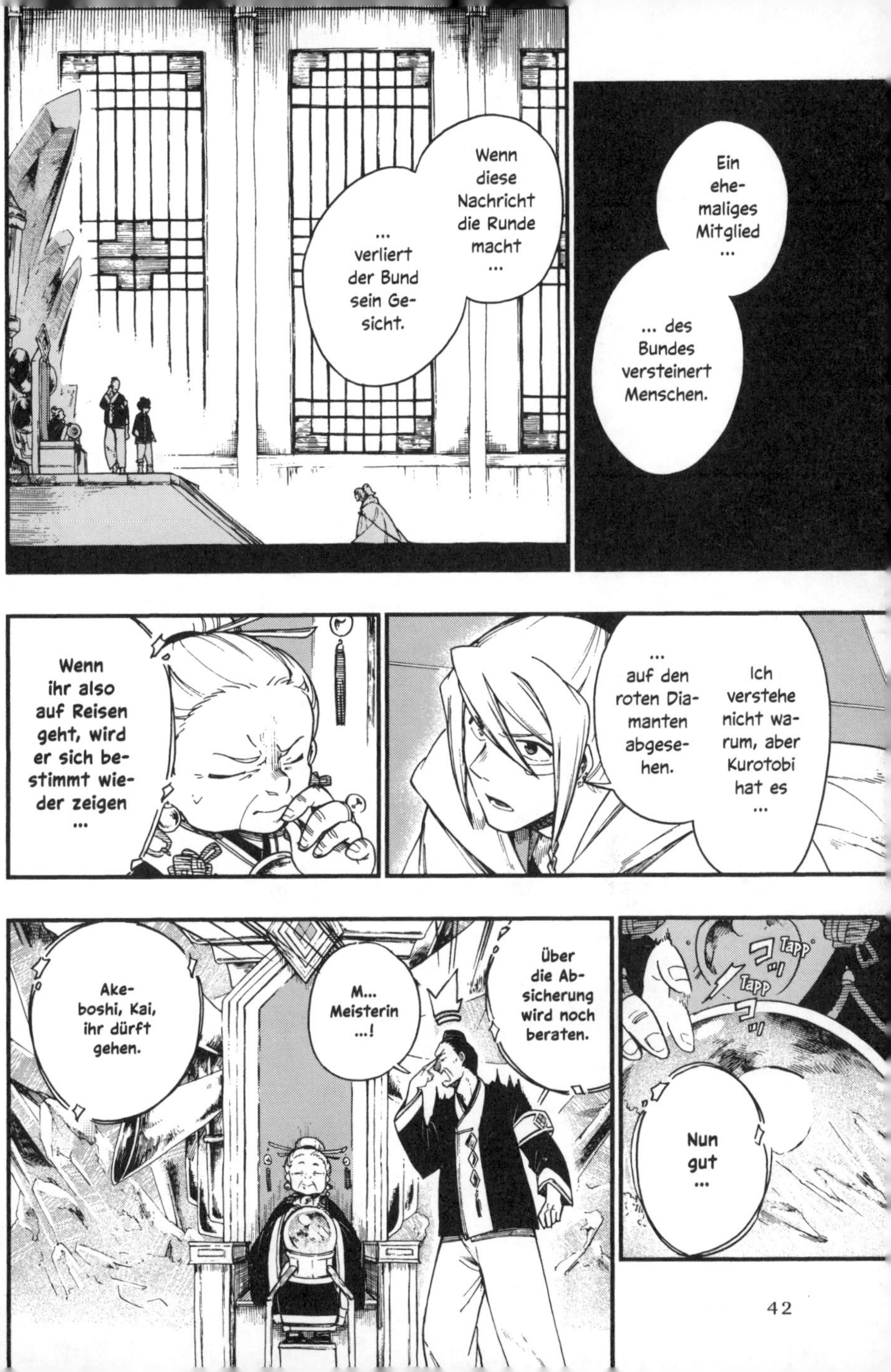

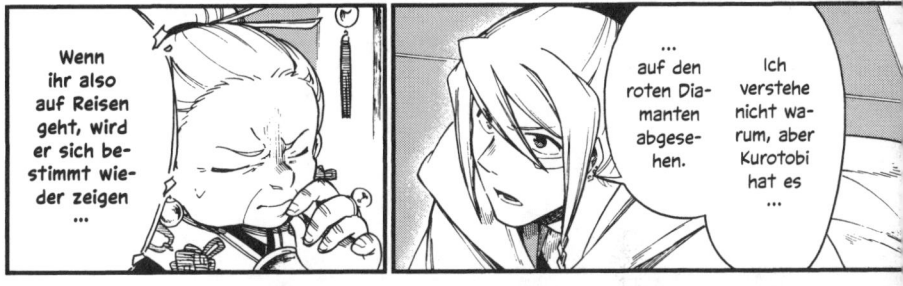
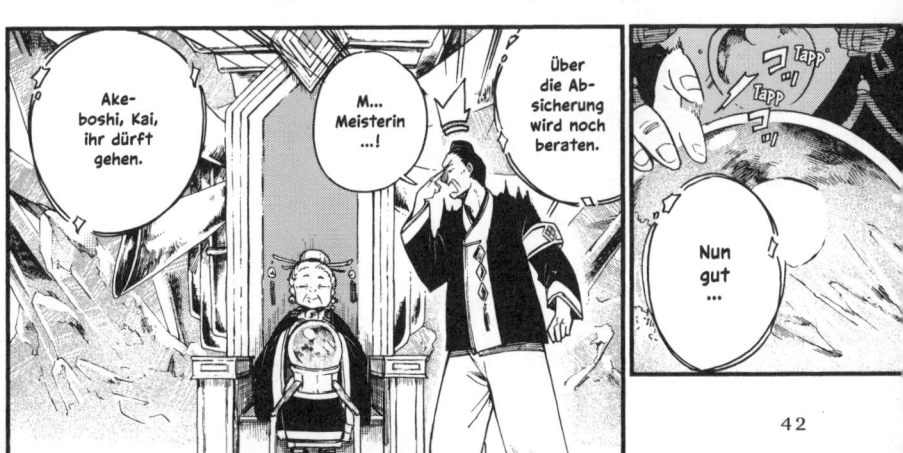

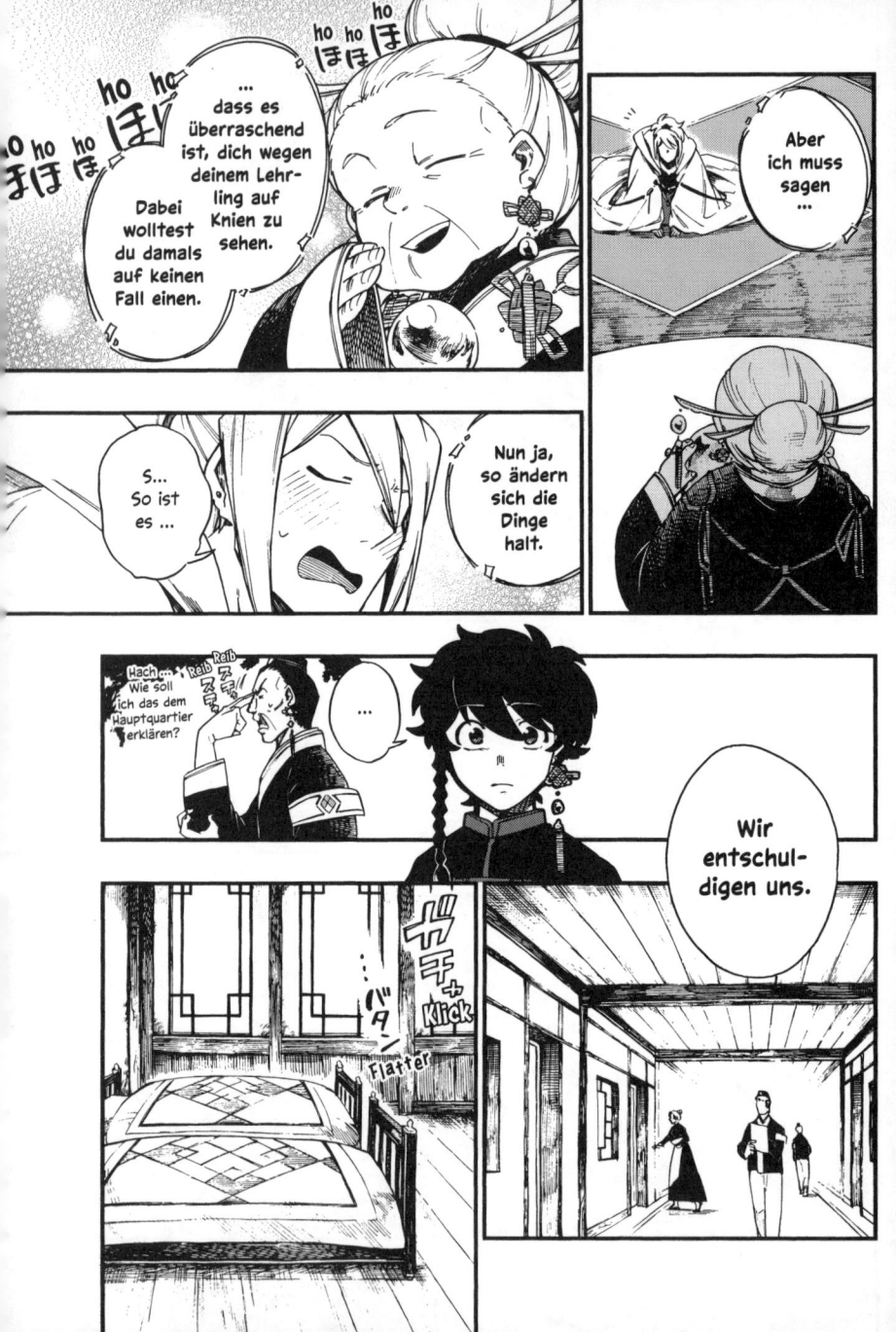

Jetzt verstehe ich, wieso du dich hier schwer-tust.

Ist ein hartes Pflaster, oder?

Srrrt

ズルーー"ッ

Ich bin fix und fertig ...!

Hm?

Kai ...

Kurotobi ist ja wirklich hinter mir her.

Ah ... Schon okay.

Tut mir leid, dass ich dich wie einen Köder be-handel.

Hey, Ake-boshi ...

Wenn wir reisen können und ihn dabei heraus-locken ...

... schlagen wir zwei Fliegen mit einer Klappe.

Pluff

ぽす

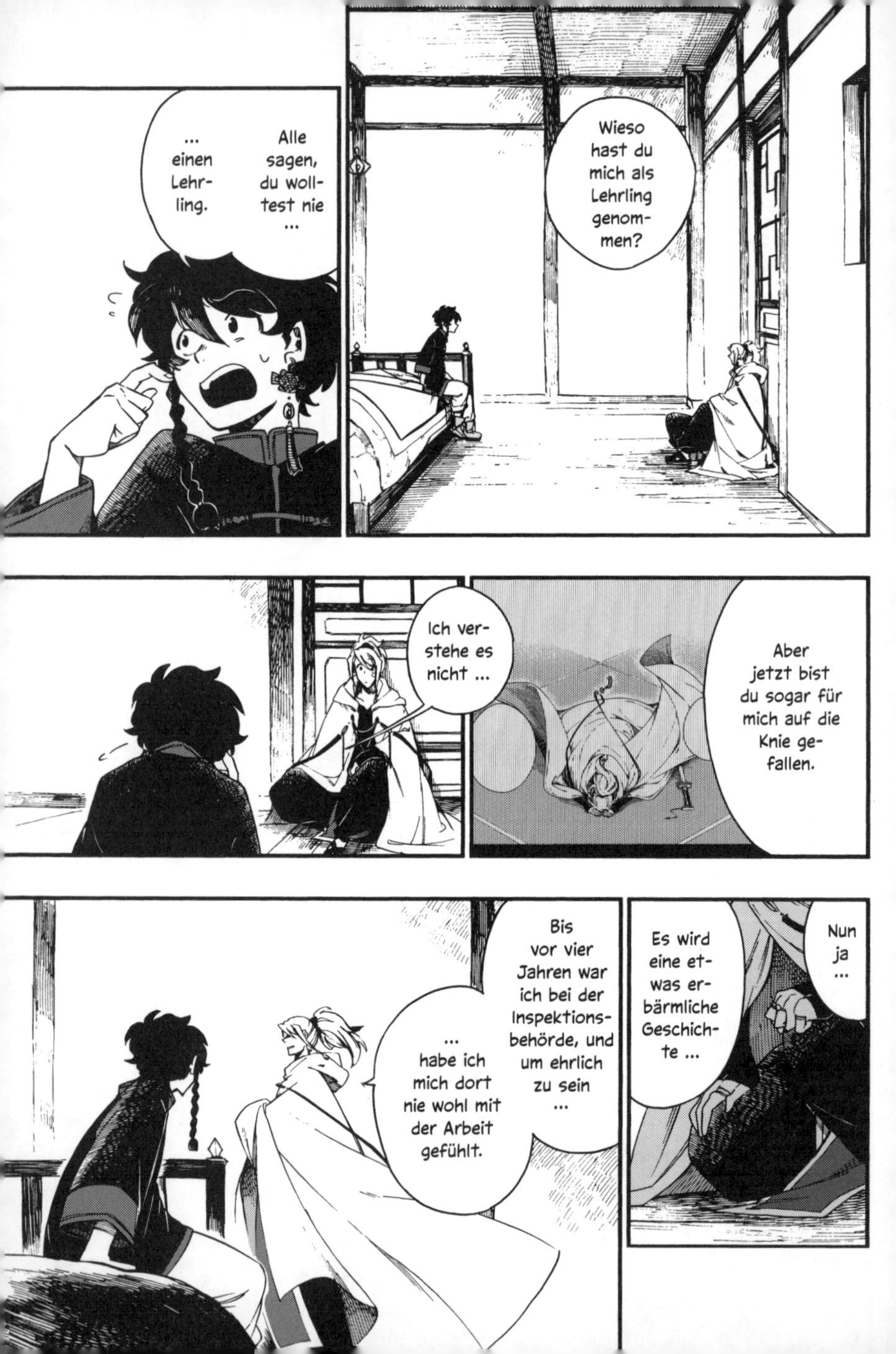

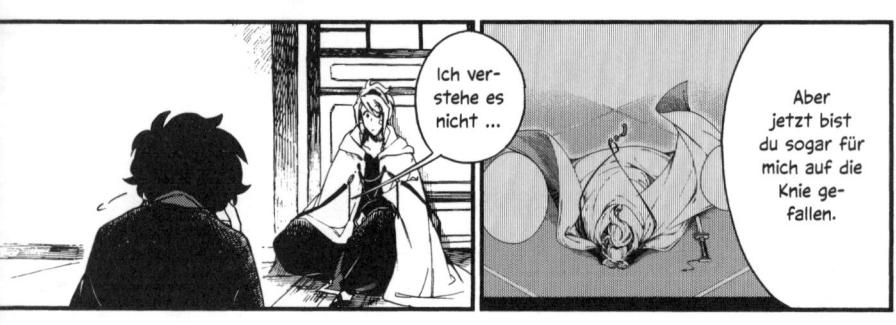
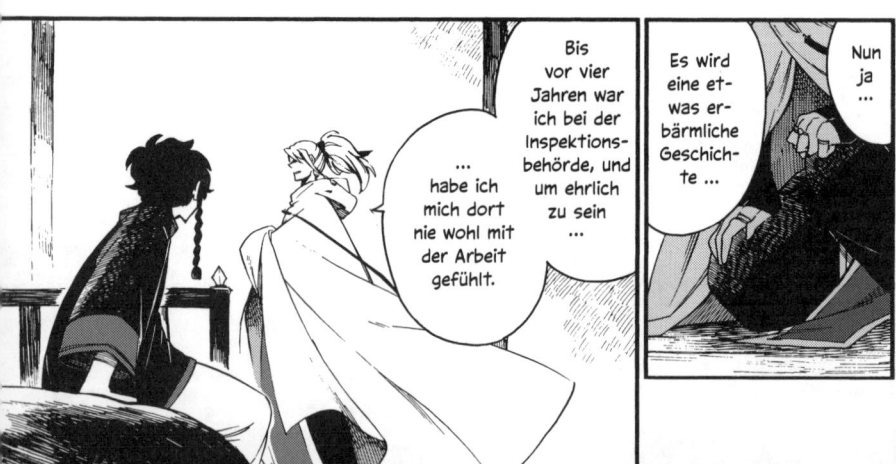

Ko meinte doch, dass dich alle beneidet haben.

Aber wieso?

Aber ...

... doppelt so viele Leute haben mich gehasst.

Ha ha, das mag schon sein.

... Rubins allerhöchster Qualität.

... ist auch die Bezeichnung eines tiefroten

Der Name von vorhin, Taubenblut ...

Also verließ ich diesen Ort ...

... und die Arbeit bei der Inspektionsbehörde schnürte mir die Luft ab.

Ich hasste diesen Namen ...

... begann eine gewisse Gruppe von Leuten mich so zu nennen.

Da ich als bestgeeignet für ihn auserwählt wurde ...

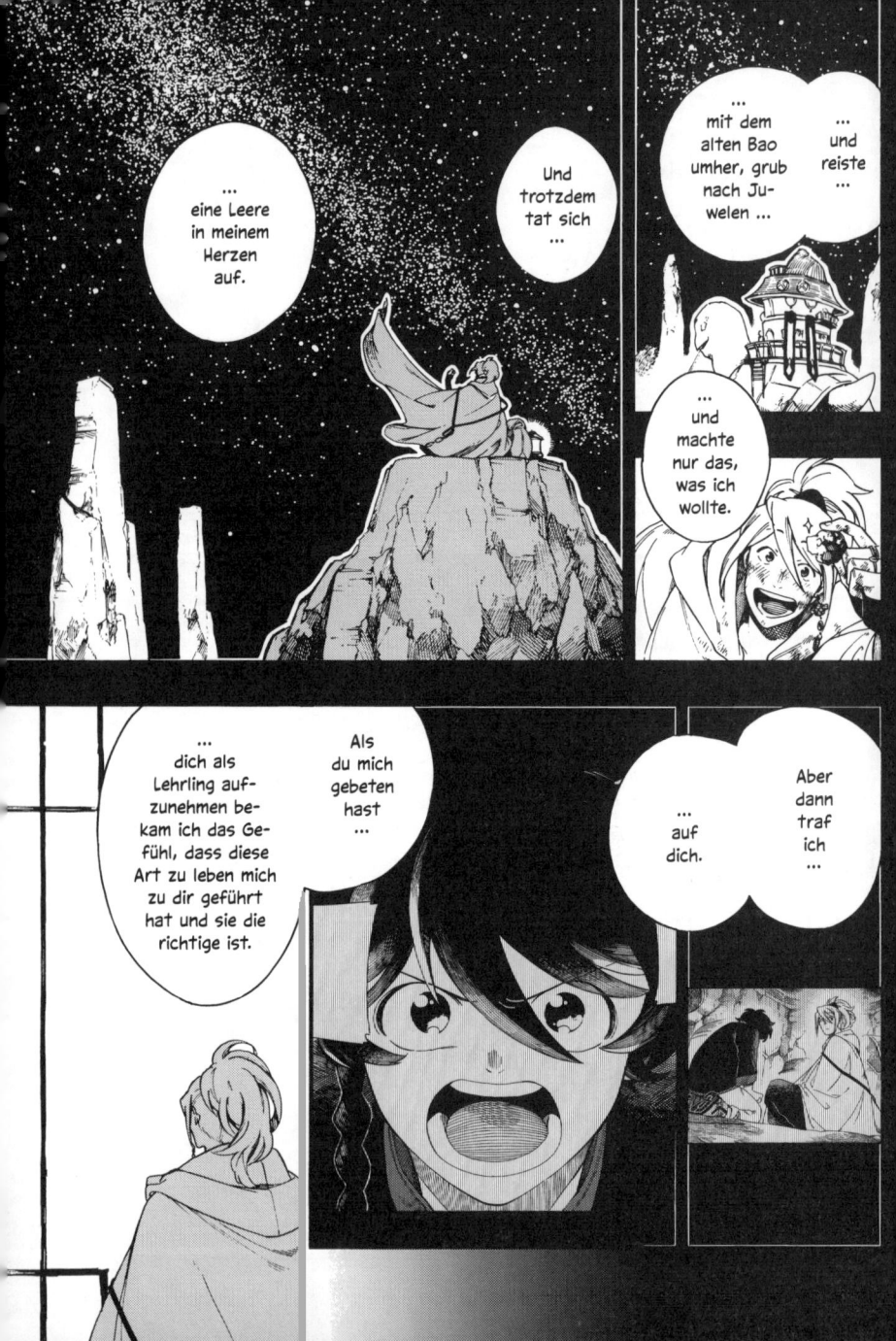

Und auf einmal fühlte ich mich wunderbar ...

... glücklich.

...

... als auch auf die zwölf Steinbilder ist er nicht näher eingegangen.

Er sagt sicher die Wahrheit, aber sowohl auf den Spitznamen ...

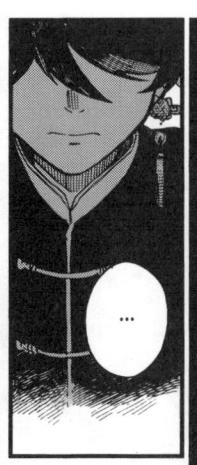

Ich will stärker werden ...

Okay! Ich muss trainieren!

Hä?!

Reicht dir mein, Unterricht nicht?

... meine Freiheit zu beschützen.

... sondern auch, um mich und ...

Nicht nur, um meiner Familie zu helfen ...

Und vor allem ...

...
zu revan-
chieren.

...
um mich
bei ihm
...

Nur bis
Kurotobi
gefangen
ist.

Wollen Sie
den roten Dia-
manten wirklich
einfach so zie-
hen lassen?

Meis-
terin!

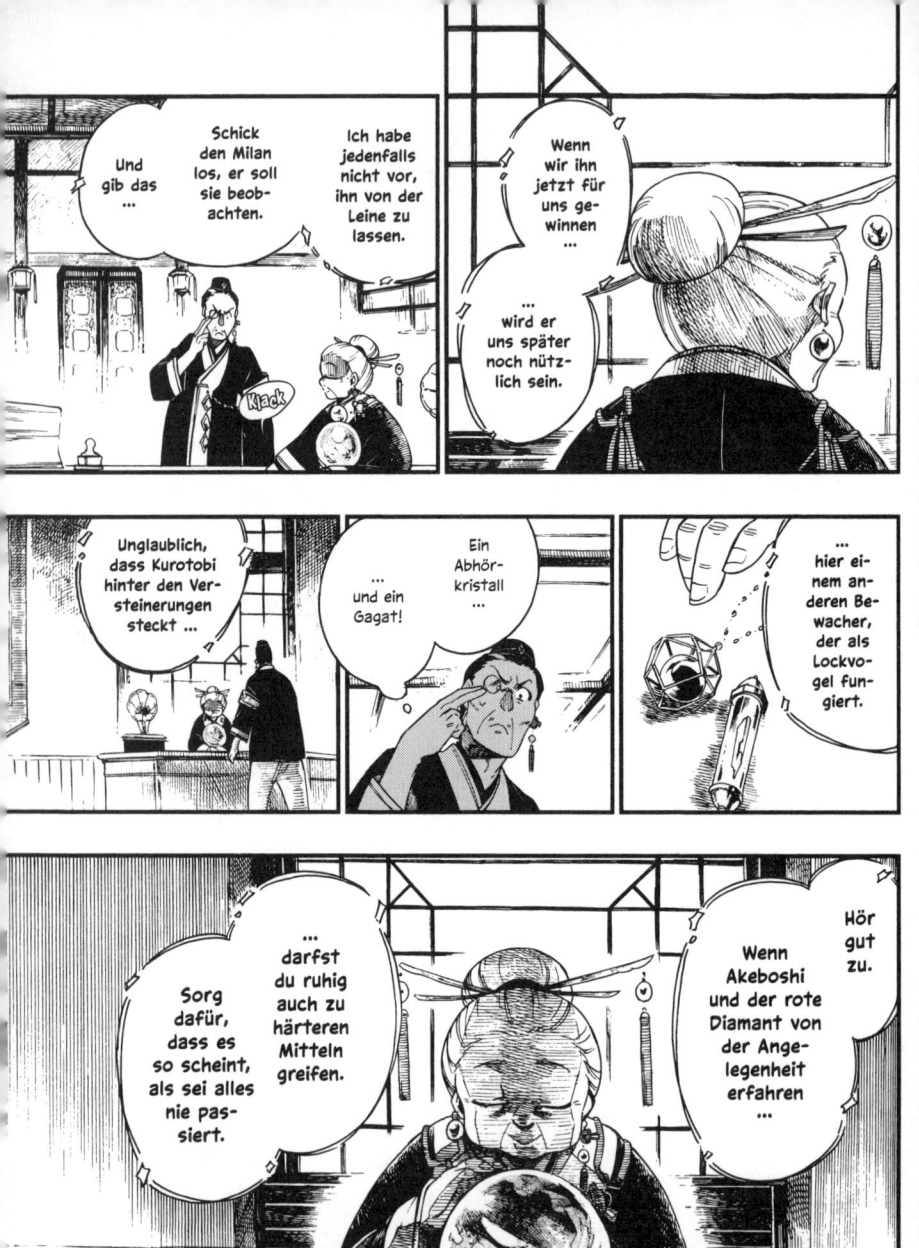

1. Stock

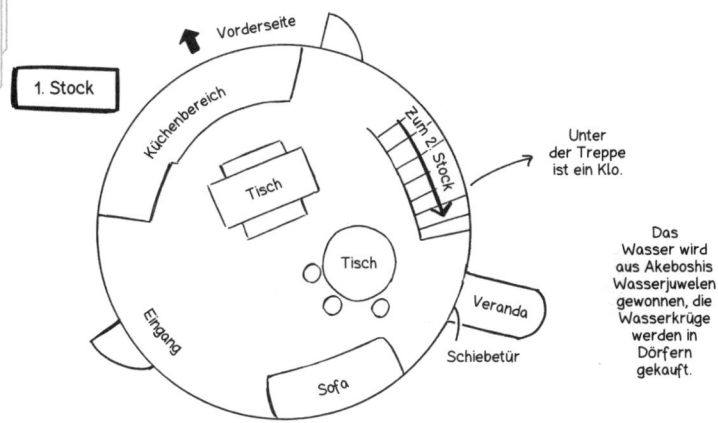

1. Stock

Vorderseite

Küchenbereich

Zum 2. Stock

Tisch

Tisch

Eingang

Veranda

Schiebetür

Sofa

Unter
der Treppe
ist ein Klo.

Das
Wasser wird
aus Akeboshis
Wasserjuwelen
gewonnen, die
Wasserkrüge
werden in
Dörfern
gekauft.

Küche
Unter dem Spülbecken stehen Trinkwasserkrüge.
Unter dem Herd sind mit Rubinen vermengte
Feuersteine eingelassen. Seit Kai da ist, wird
auch ordentlich gekocht. Die Zutaten werden
in der Abstellkammer im 2. Stock aufbewahrt.

Wohnzimmer
Kai hält sich tagsüber meist hier auf.
Akeboshi war früher meist allein in
seinem eigenen Zimmer, aber seit Kai da
ist, ist er auch häufiger im Wohnzimmer.

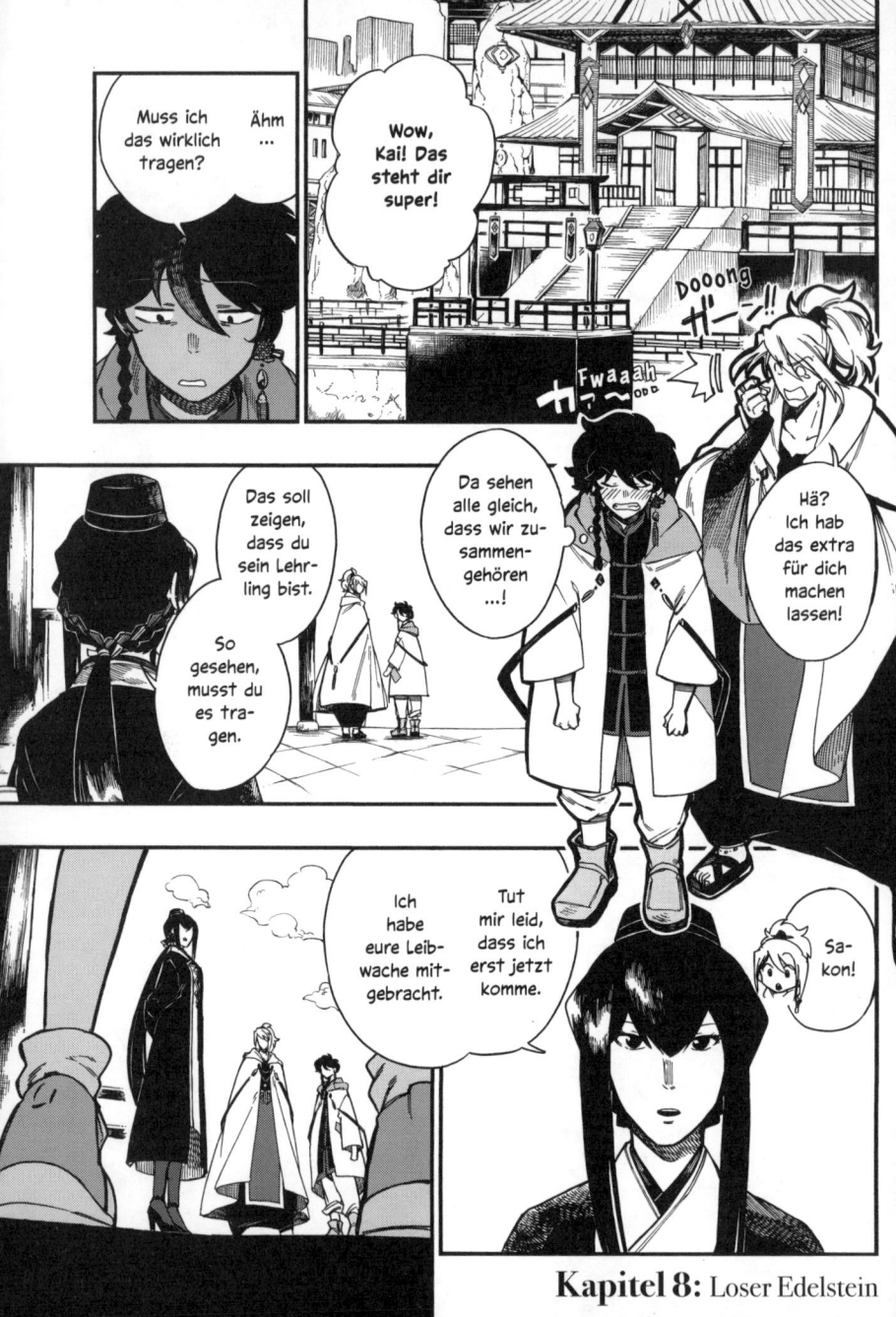

Kapitel 8: Loser Edelstein

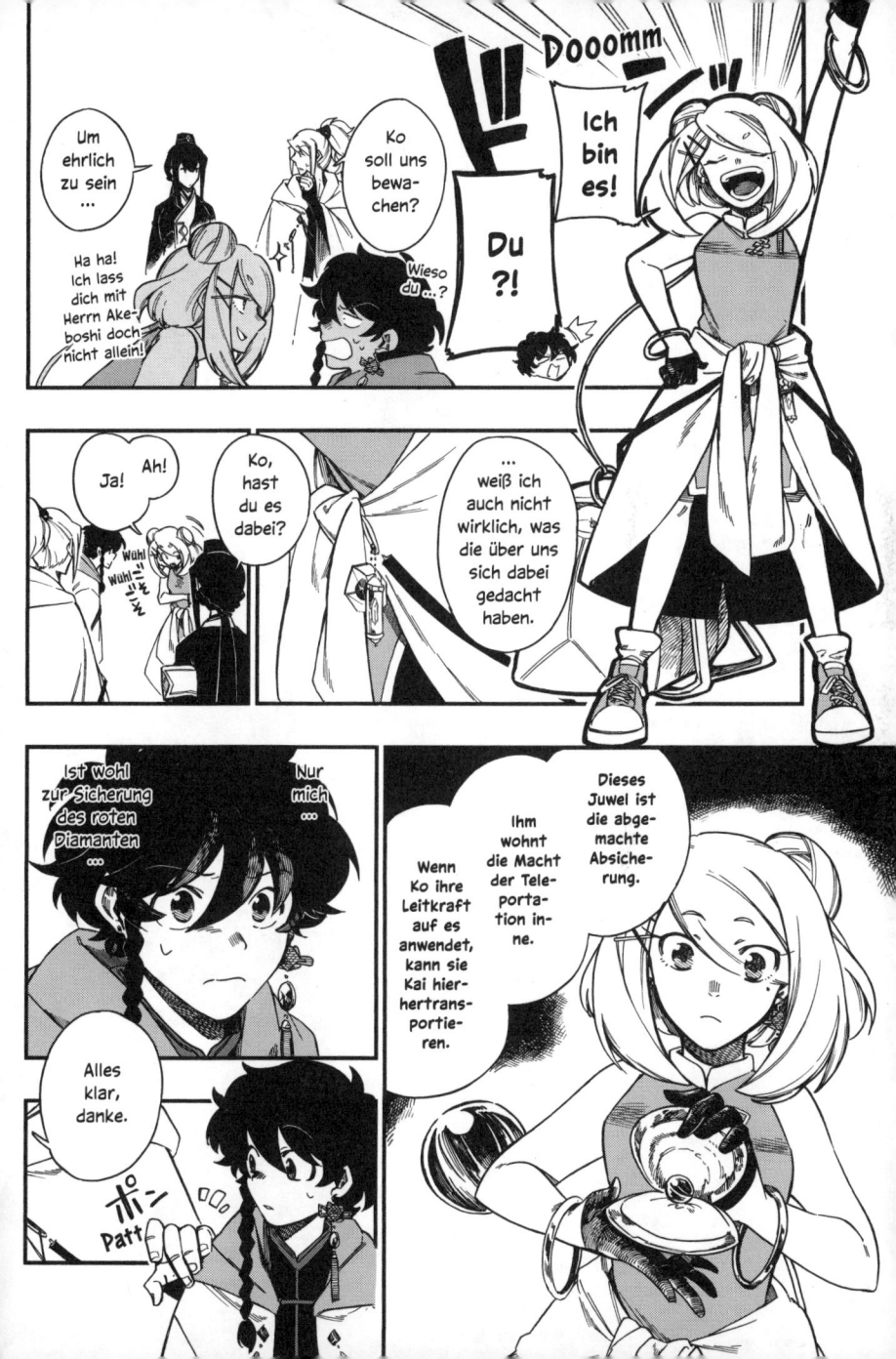

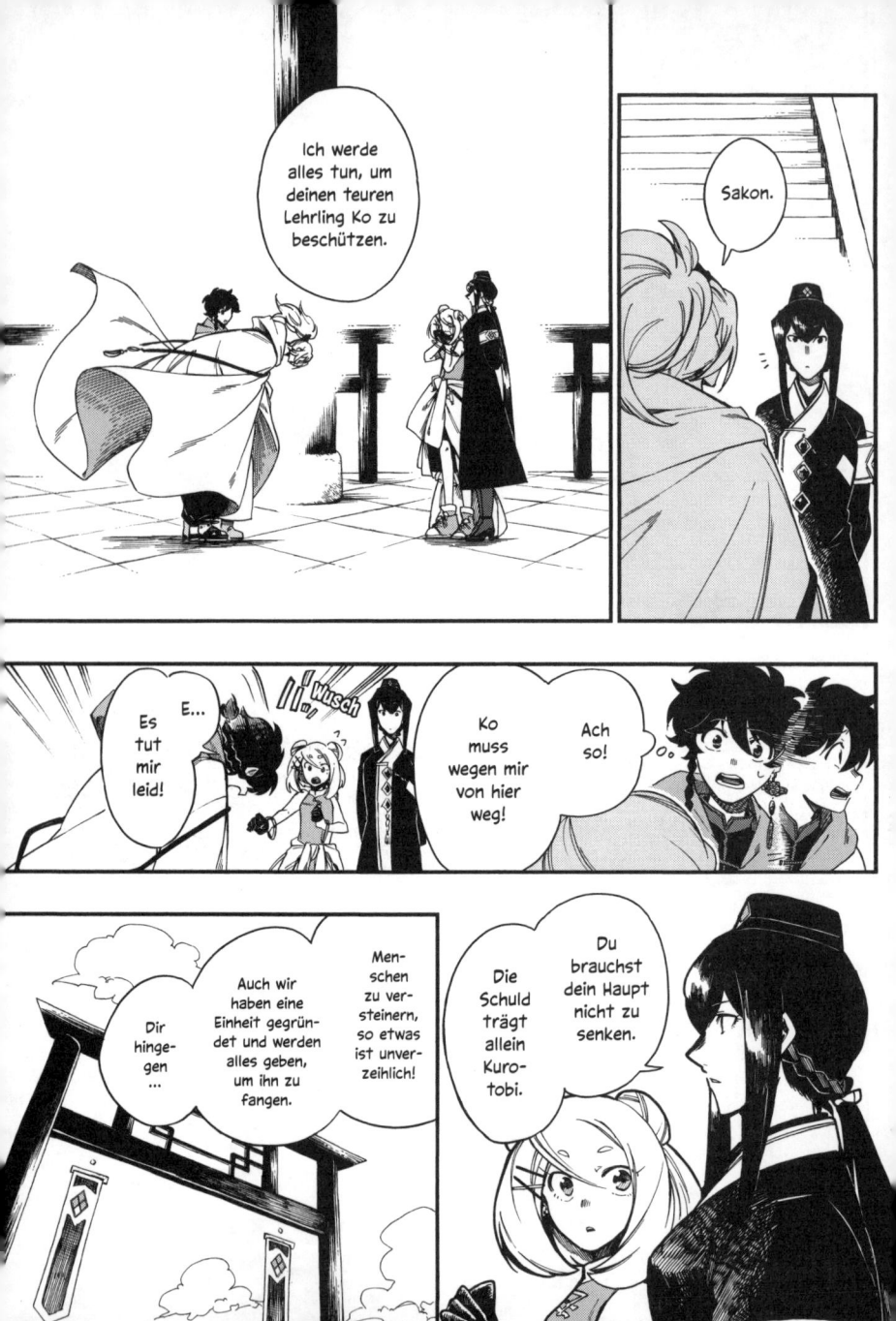

... wünsche ich, dass du die Welt siehst und von ihr lernst.

V...

Vielen Dank!

... was ich jetzt sage, sage ich als Lehrmeisterin, nicht als Vorgesetzte.

Ko ...

Auf Wiedersehen, Meisterin!

Sollte etwas passieren, lass es mich sofort wissen.

Pass auf dich auf.

Ja ...!

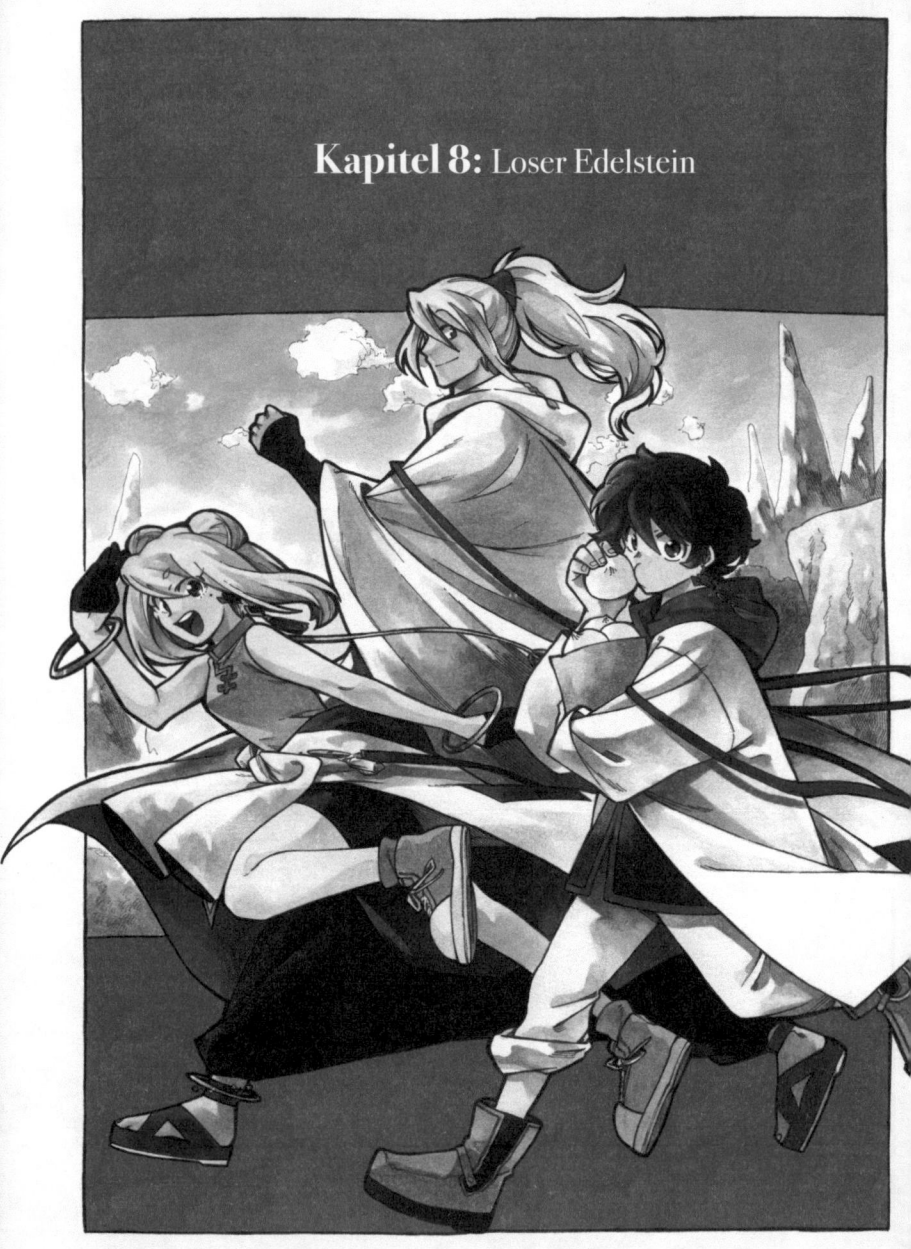

Kapitel 8: Loser Edelstein

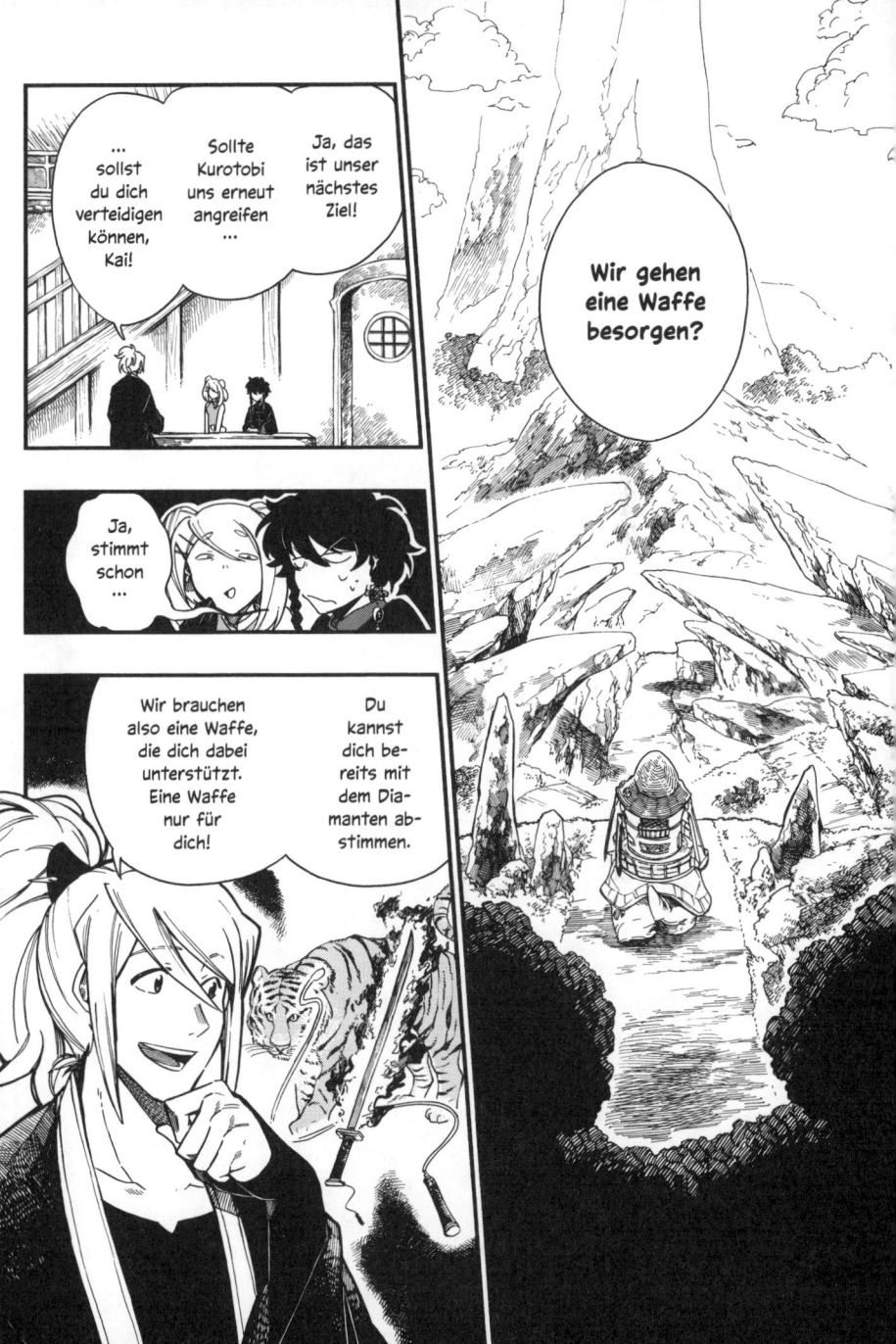

Der freut sich aber ...

Freu わくわく **Freu**

Nur ... ... für mich ?!

Aber zuvor ...

... musst du trai- nieren!

Das Training ist ein- fach!

①: **Diamant**

Fähigkeit: Reflexion

②: **Roter Diamant**

Fähigkeit: Verwandelt Steine in Diamanten (Benutzung verboten)

③: **Mineral**

Fähigkeit: Hauptsächlich zur Bedienung der Magnetschuhe

Du kannst zwar bereits drei Kräfte nutzen ...

... aber dir fehlt es an Kondition, also Leitkraft, und Finesse.

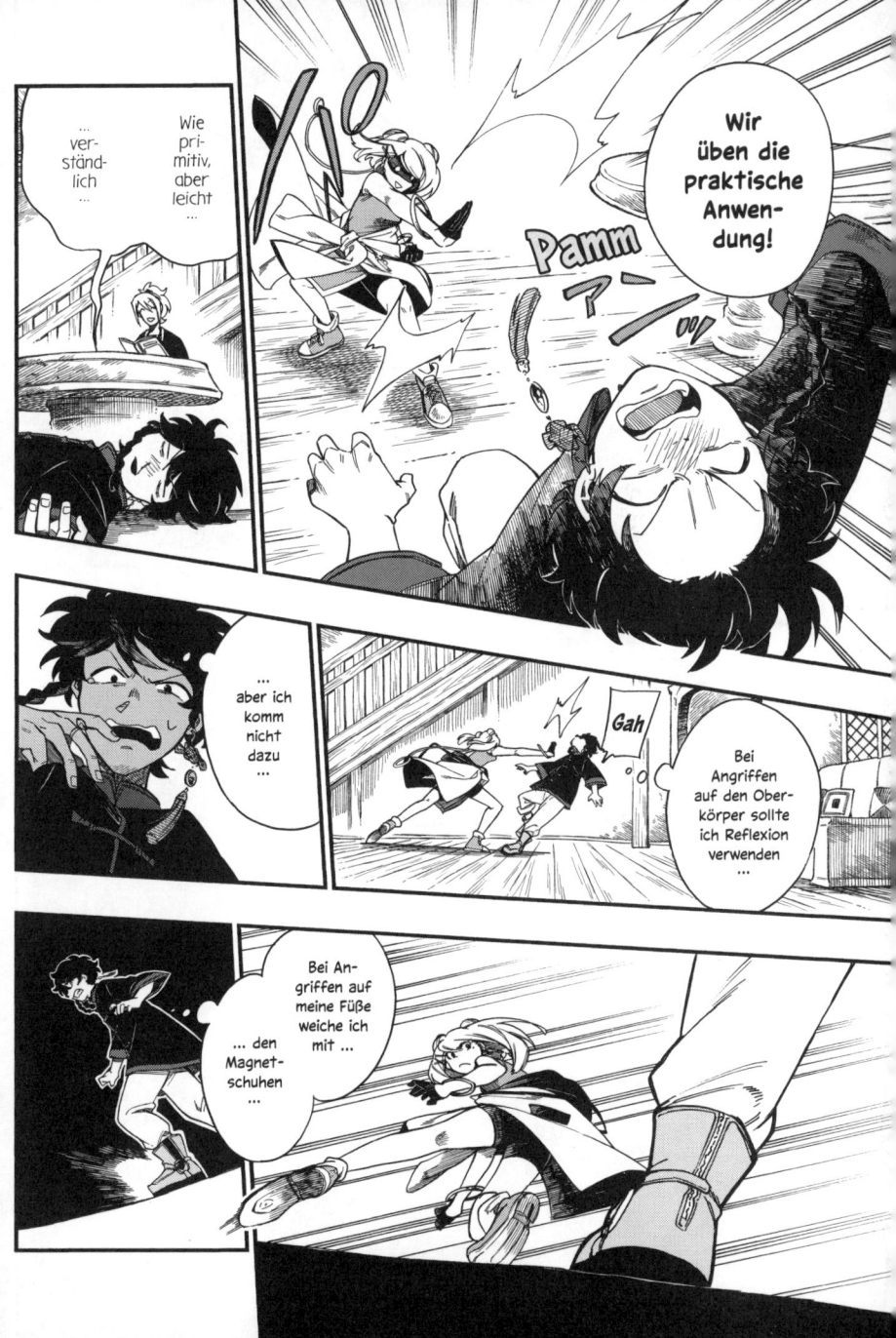

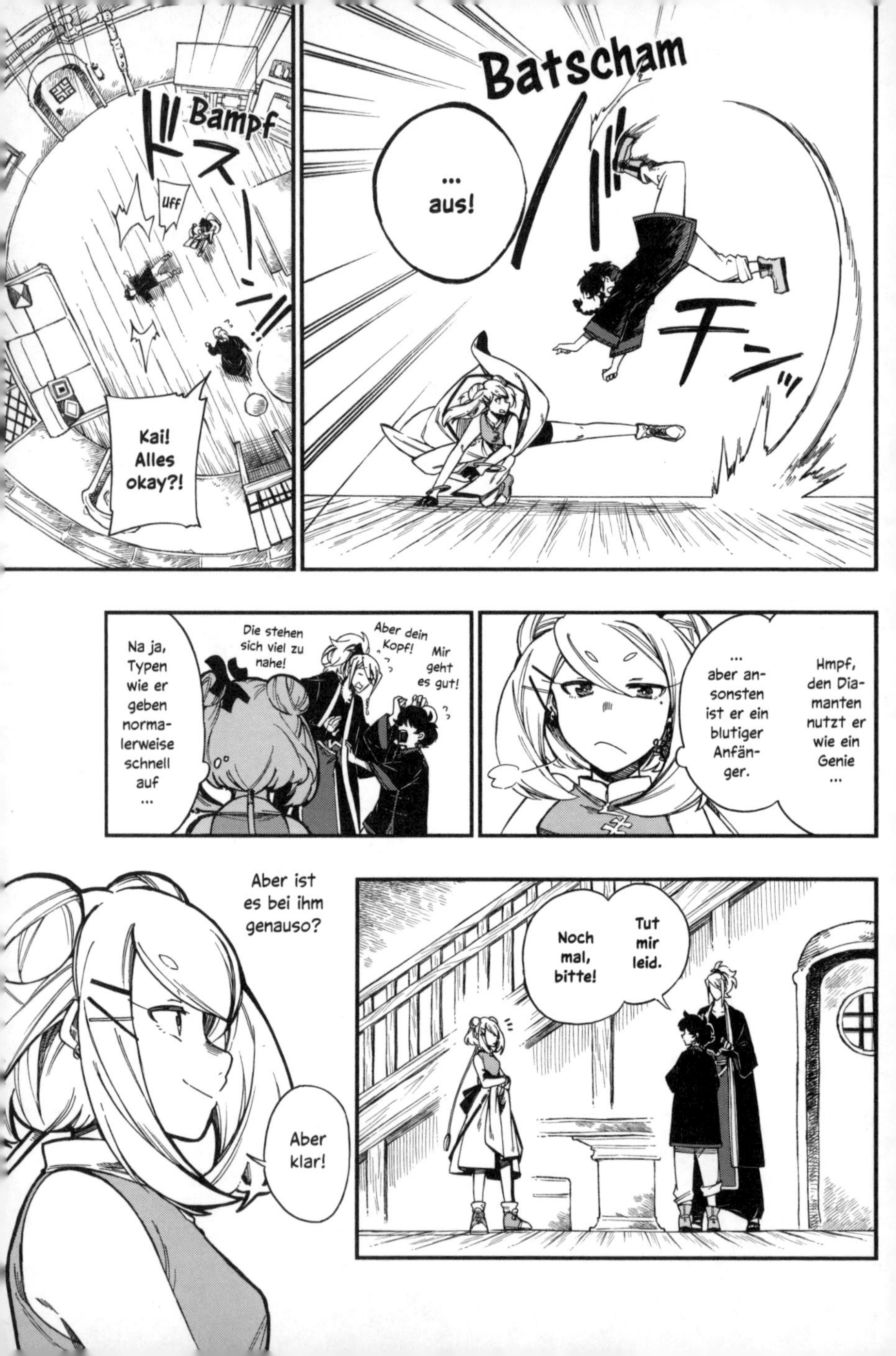

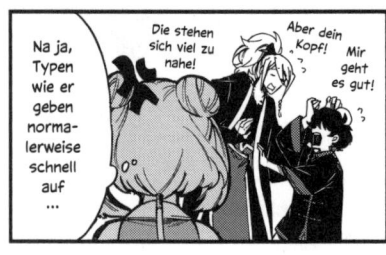
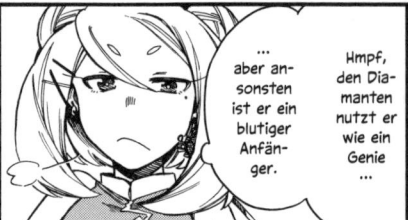
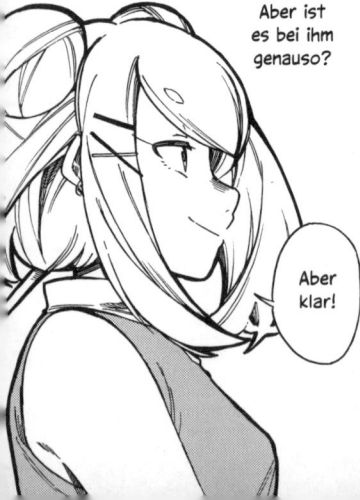
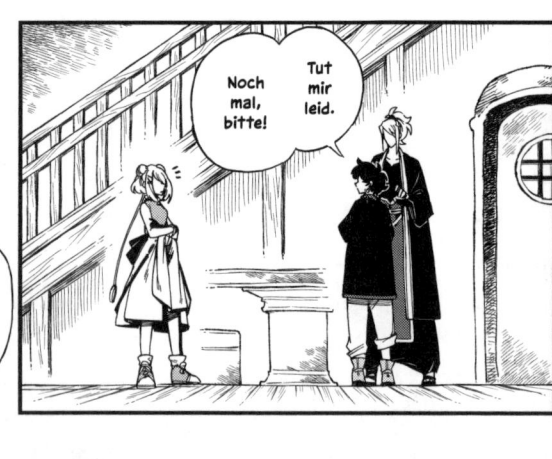

Blonk

Uff

Wah

Wie soll ich da bitte normal laufen?

Stapf

N... Noch einmal!

Bwah

Batatata

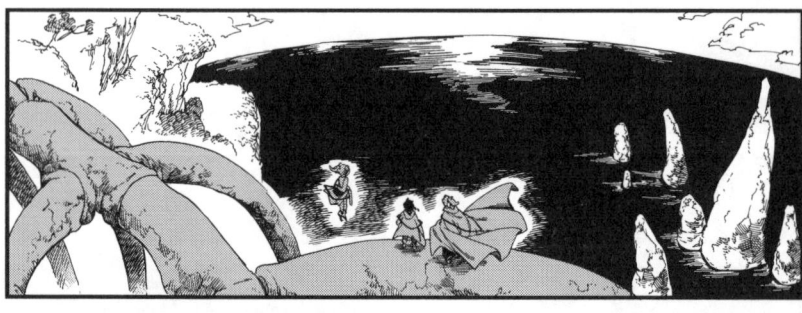
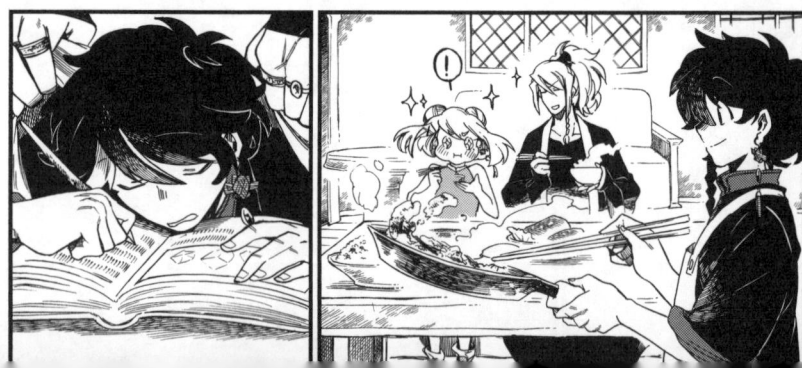

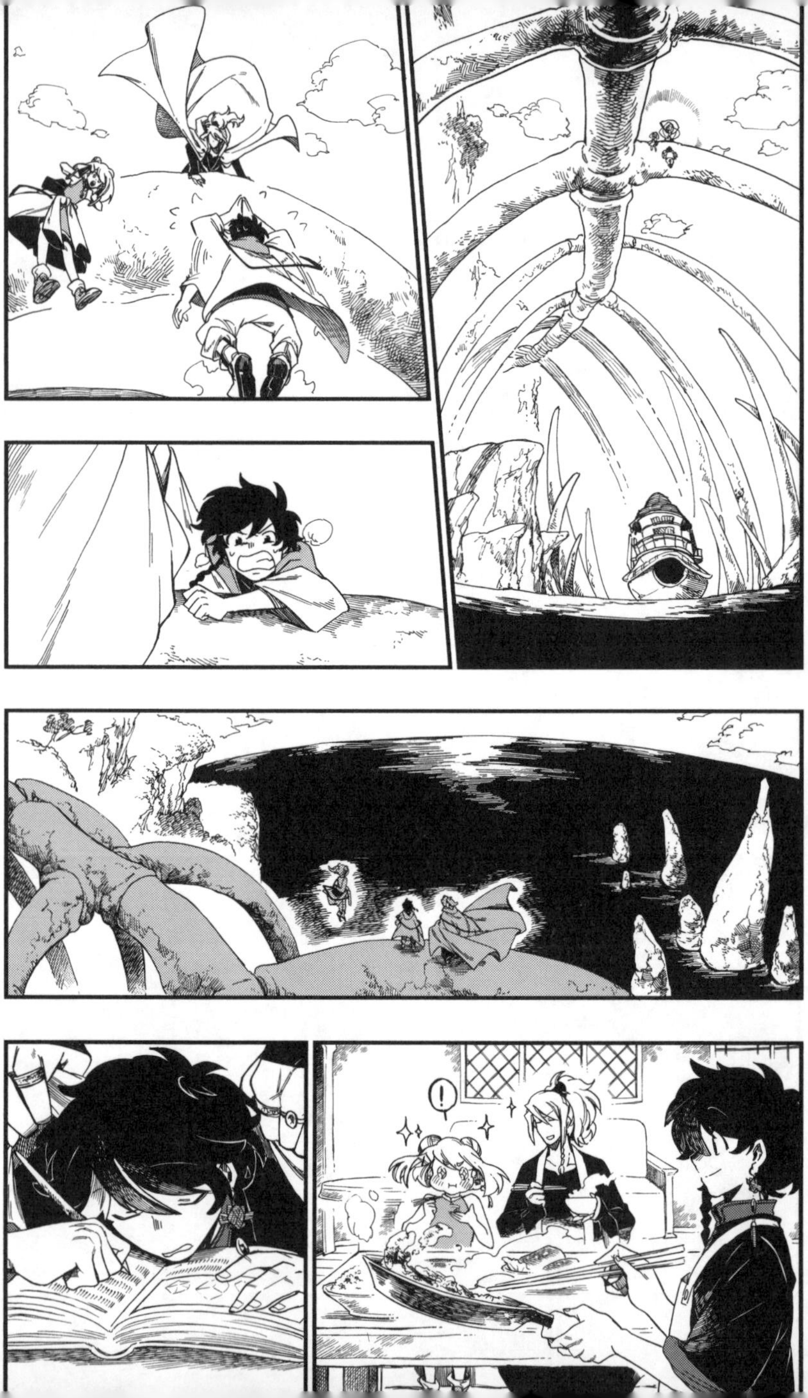

Du strengst dich wider Erwarten ziemlich an.

...

Dash

Du könntest einfach warten, dass sie ihn schnappen. Das wäre einfacher für dich, oder?

Der Bund ist auch hinter Kurotobi her.

Was meinst du?

... wie du gemeinsam mit den Erwachsenen kämpfst ...

Außerdem sind wir gleich alt. Wenn ich sehe ...

Ich kann es nicht anderen überlassen.

Das Ganze ist mein Problem.

Paking

Bwoh

... ein wenig neidisch.

... werde ich ...

Tut mir leid!

T...

A... Alter, spinnst du ...

Uff

Pfiuh

Dompf

65

Ich beneide dich um deine Fähigkeiten, nur ...

Hä ...?

Murmel ポ"

... einfach völlig überrascht ...

Du hast mich mit der Aussage gerade ...

Wupp くるっ

Wieso das?

Was guckt sie so komisch?

... biss-chen ...

... ein kleines ...

Verglichen mit Diamanten oder Rubinen wird er als minderwertig angesehen.

Wegen seines häufigen Vorkommens und Härtegrads gilt das Tigerauge als Halbedelstein.

Das sagt zumindest eine Theorie.

Der Wert eines Handwerkers beruht darauf, mit welchem Stein er kompatibel ist.

Nick Nick ニ"

Diamanten, Rubine, Smaragde etc.

Juwelen

Edel-steine

Halbedelsteine

Amethysten, Lapislazuli etc.

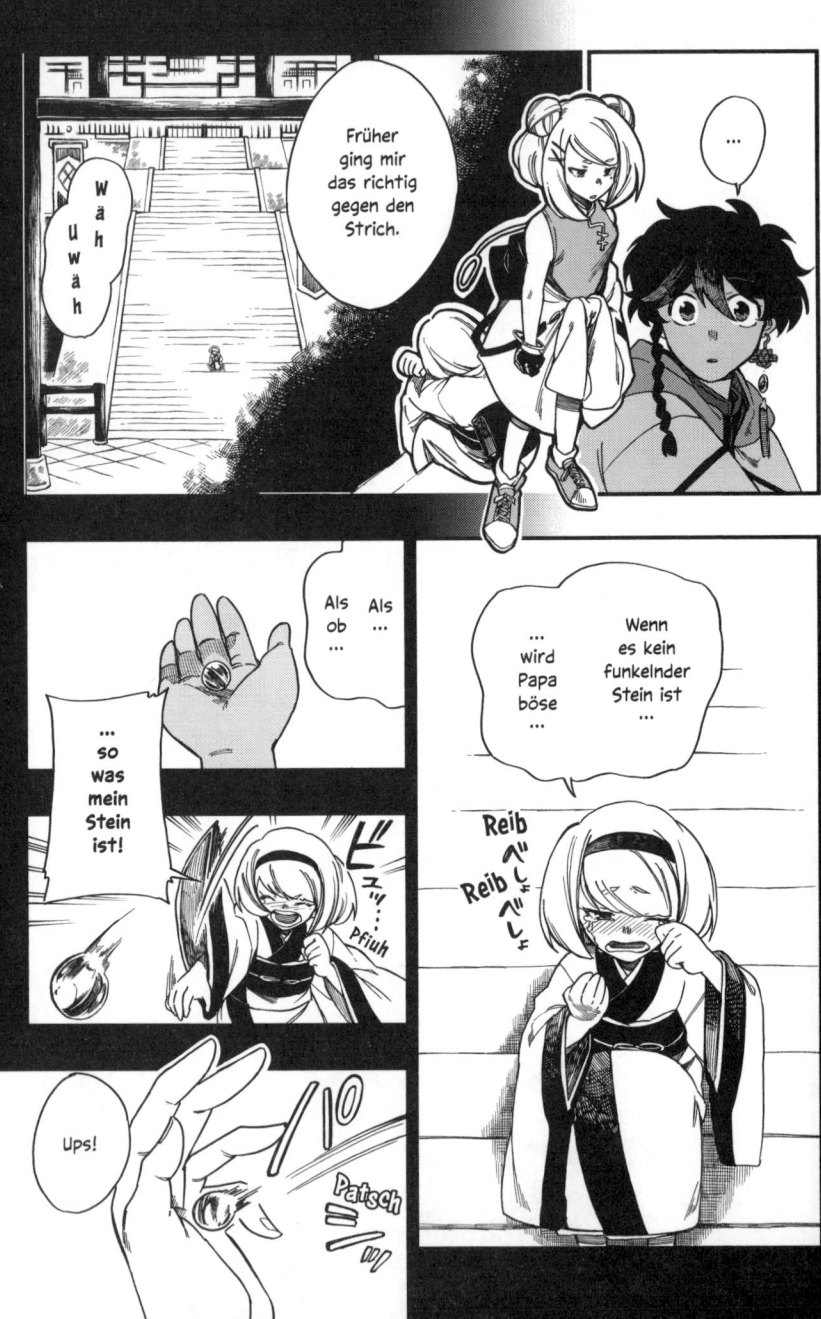

Ach so.

Nein ...

Ähm ... Gehört es dir?

?

Ein Tiger- auge?

Dieses Juwel steht für Scharf- sinn, Wissen und Reich- tum.

Das ist ein sehr weiser und edler Stein.

Indem es dich lehrt, die Dinge zu durchschauen, und deine Urteils- kraft schärft, führt es dich zum Erfolg.

... aber hey ...

Natür- lich haben auch funkelnde Steine ihren Reiz ...

... gut darauf
auf.

Pass also ...

... die ganze Zeit tief in der Erde nur auf dich ge- wartet.

... dieses Steinchen hier hat ...

Natürlich ist jetzt ...

Ihre Grundform ist ein Stein. Solange dieser nicht beschädigt ist, kann sie jederzeit wieder die Tigerform annehmen.

Ähm, wurde sie nicht versteinert?

Kritsch

... diese Dame mein wichtigster Schatz.

Das macht die Person nicht besser oder schlechter.

... sich so sehr ins Zeug legt ...

Aber dass jemand, der sich mit Diamanten abstimmen kann ...

Sie sagte immer ...

Meine Mutter schliff beruflich Juwelen.

Ich ...

Dass es bei ihnen wie mit Farben ist.

... dass es bei Juwelen keine Hierarchie gibt.

Ist es bei uns nicht dasselbe?

... noch schlechter.

Wer Rot mag, der trägt rote Kleidung. Das macht die Person weder besser ...

Wah

?!

...

Ich wusste von deiner Situation, war aber trotzdem neidisch ...
Waaaah
Es tut mir von Herzen leid!
Schlabber Schlabber
Wusch
Staun
...
Ha ha ha ha! Du bist aber eine ehrliche Haut!
Alles halb so wild.
Ach was! Als Entschuldigung darfst du beim Abendessen neben Herrn Akeboshi sitzen!
Ist schon okay ...
...
A...
Aua ...

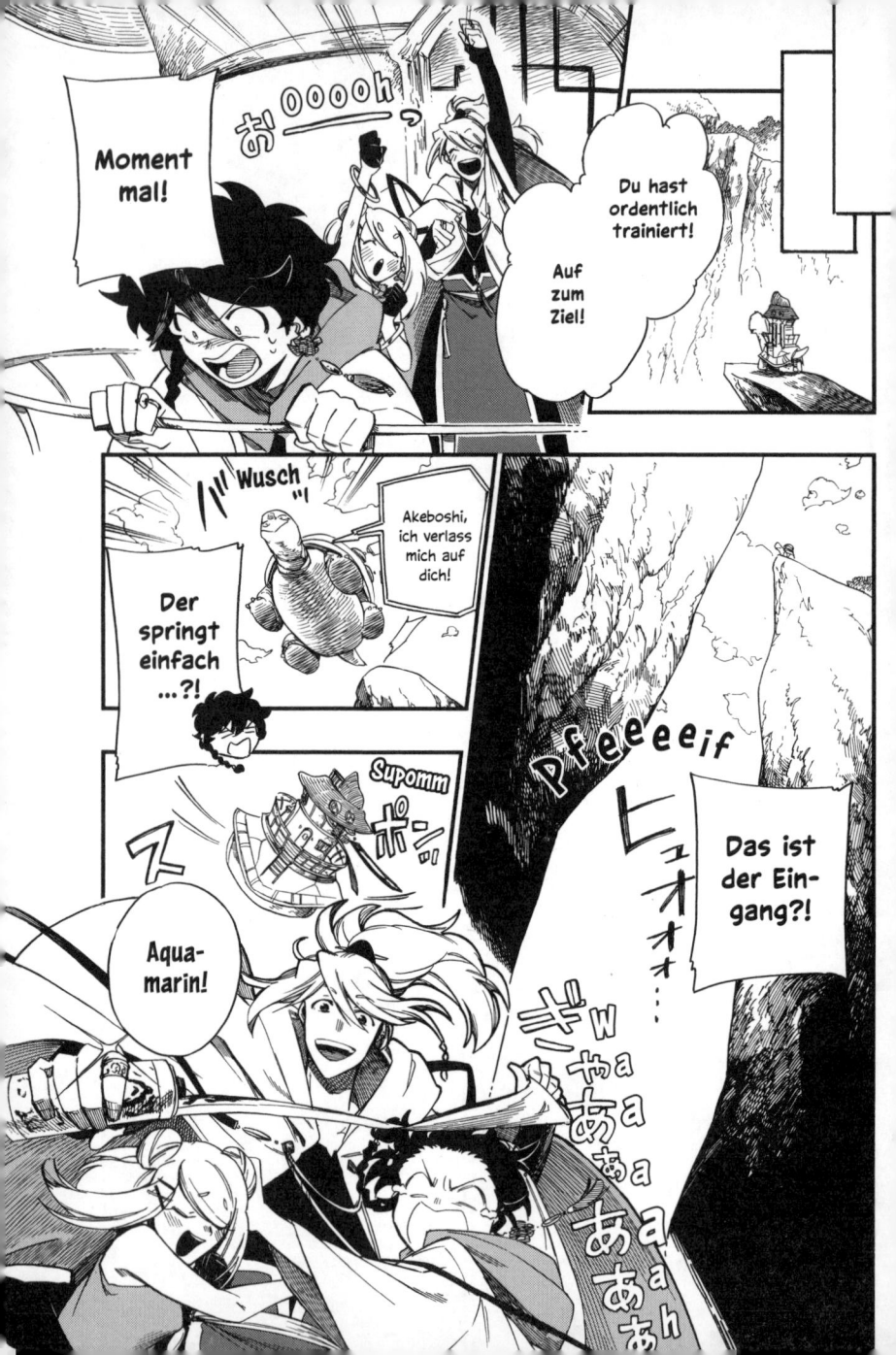

Indigoblaues Wasserverlies!
Dwobb
Platsch
Hey, hey, hey, hey! Das Meer? Ein See oder Teich oder was zur Hölle? Wir sind unter Wasser und können nicht atmen und werden …!
Umpf
Wir atmen doch!
Äh … Ja …

Blubber
ゴポポ…
Was ist das? Unterwasser-wolken?
Luft-blasen aus der Unterwas-serstadt.
Eine Stadt …?
Bwoff
ボフン
Boah …!

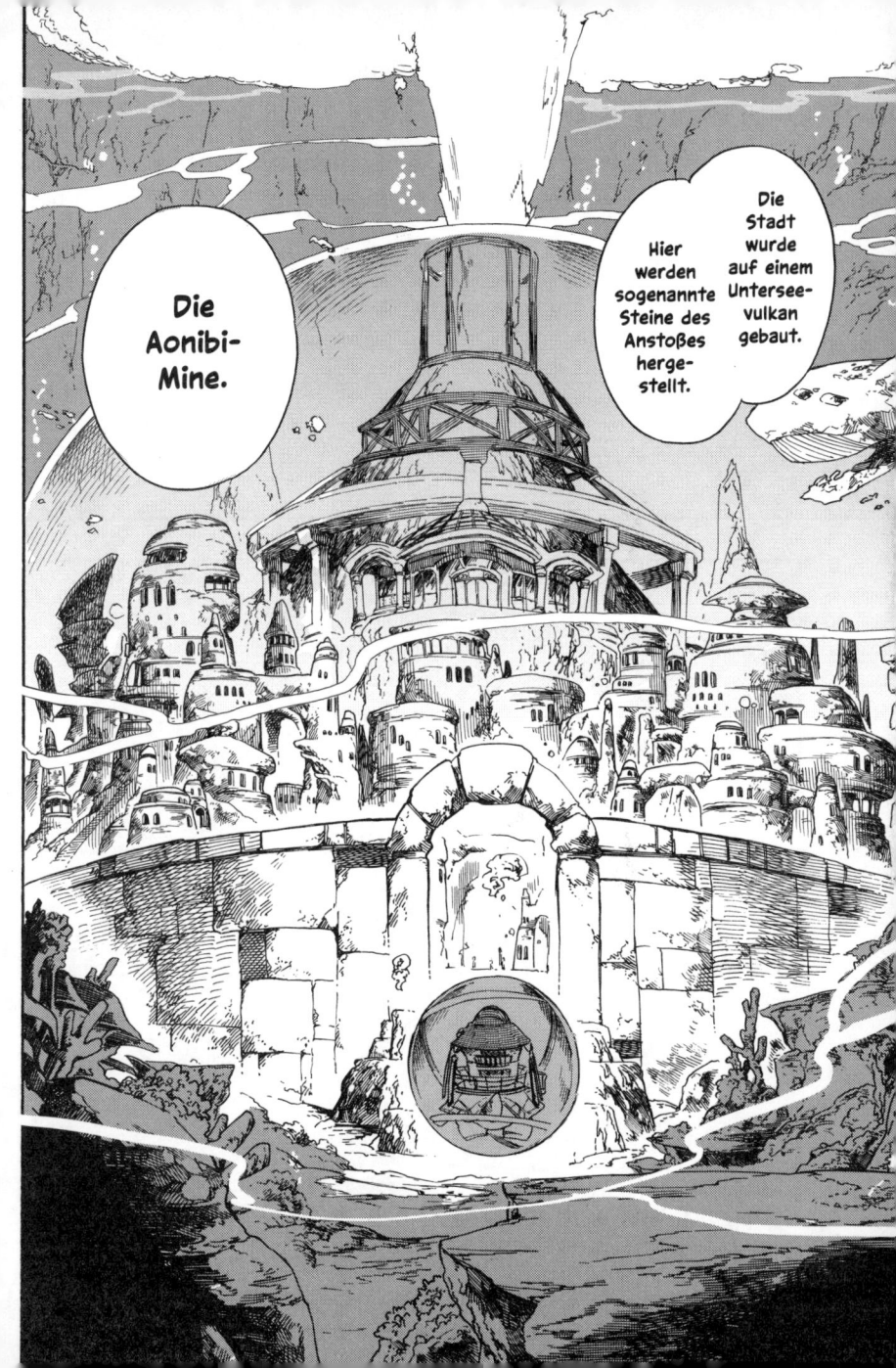

... und so Erze produziert, die man auf dem normalen Markt kaum findet.

In der Mine macht man sich das zunutze, indem man in den Entstehungsprozess eingreift ...

In der Nähe von Vulkanen und Magma entstehen viele Mineralien.

Nicht so schnell!

Klasse! Lasst uns schnell eine Waffe suchen!

Wah

Kapitel 9: Ein steiniger Weg

Renn also nicht einfach so herum!

Ich bin hier, um dich zu beschützen, weißt du?

Meisterin Mumyo hat mich damit beauftragt, die beiden gut im Auge zu behalten.

Rumrennen ist gefährlich!

O... Okay ...

Hmpf!

Aber über Kai weiß ich nicht viel ...

Herrn Akeboshi kenne ich ja.

Ähm ...

Kein Problem!

Aber wie steht es ums Geld ...?

Ich kenne hier einen Waffenschmied.

Sollen wir mal hingehen?

?!

Z... Zehntausend Yin*?

* 1 Yin = 1 Cent.

Nein, Moment, ich hatte es gerade noch ...!

Herr Akeboshi! Haben Sie das Geld vielleicht beim alten Bao vergessen?!

Warst du nicht mal berühmt?

So wenig? Und du sollst erwachsen sein?

Ah, das sind ...

Was ist das ...?

Flapp

Ah!

Raschel

Drei Juwelen für 5 Millionen Yin?

Alexandrit, blauer Zoisit, Paraiba-Turmalin.

Rechnungen ...?

Das ist ...! Also ...!

Waaah!

Schüttel

Schüttel

Du kriegst deinen Alltag nicht unter Kontrolle und deine Finanzen auch nicht?!

Idiot!

W... Warte!

Egal, ich hol mein eigenes Geld!

Stampf

Stampf

Nein, begleich deine Schulden mit ihnen!

O... Okay, ich verkauf ein paar Juwelen ...!

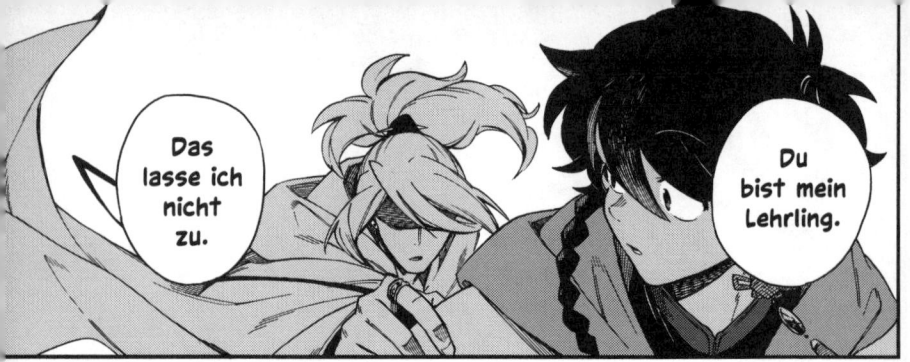

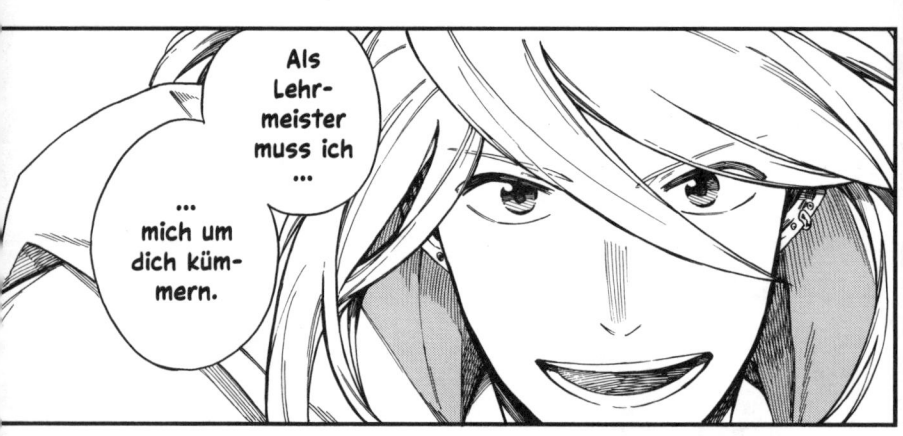

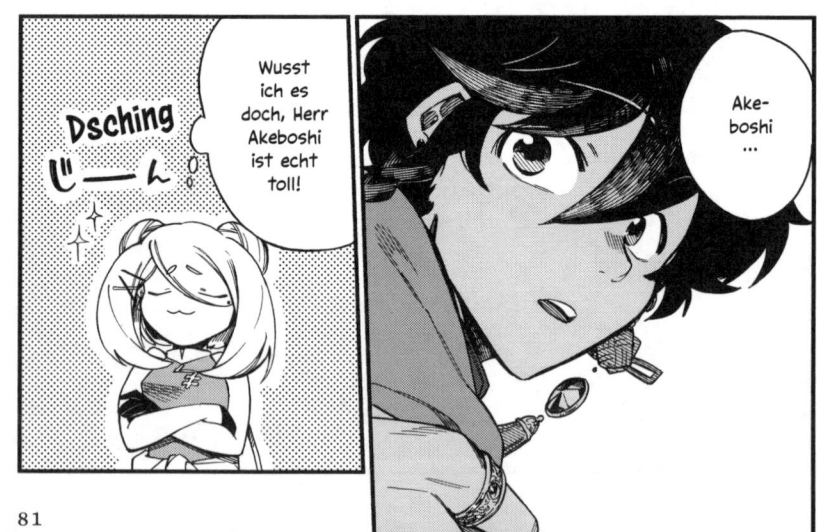

81

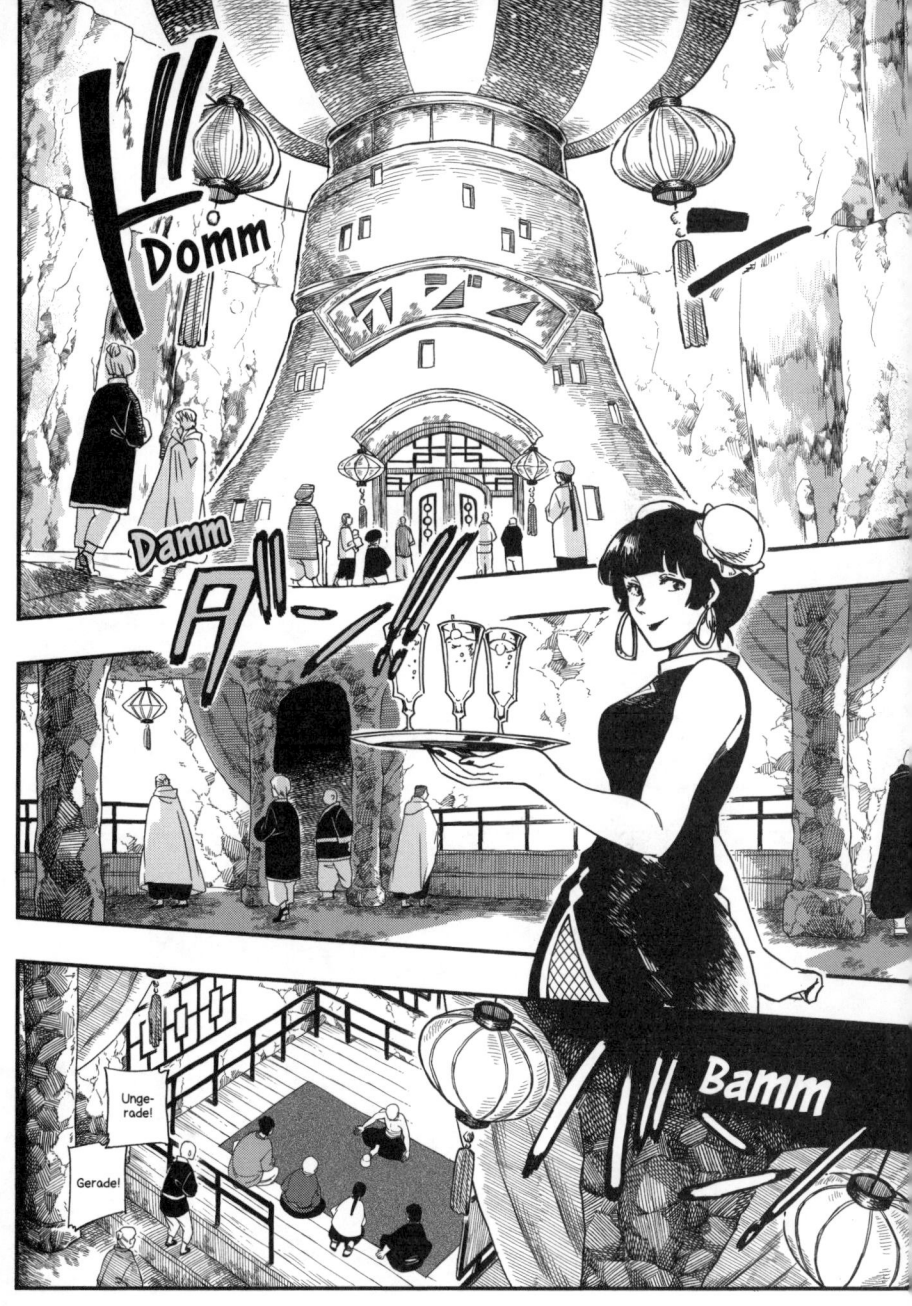

Babaaam

Der ist echt ein Depp!

Gerade!

Tamm

...

Ich sag doch, ein Depp!

Gwapp !!!

Kai, ich hab eine Glückssträhne!

Er muss noch immer Schmerzen haben.

Dass wir in einer Spielhölle landen ...

?

Also körper-liche.

Würde er sonst nicht einfach steinerne Bestien jagen und so viel einfacher an Juwelen kommen?

Was meinst du?

... vergiss nicht, dass ...

Die jetzige Methode mag zwar etwas daneben sein, aber ...

... für den er gerade kämpft.

... du es bist ...

...hast verloren, was?

Du ...

Tsching

Riesel Riesel サラサラ...

ち Tsching ん。

Stapf Stapf すたすたすた

Zeig Mitge-fühl!

Kai!

Schon okay, ich hatte damit gerechnet.

Dotz ド Ugh ス

Es tut mir leid, aber ...

Hey! Wohin gehst du?!

Darf ich es mal probieren?

... ich habe noch nie gezockt!

Gwaff

Hey, hey, hey!

Revanche für deinen Meister? Klingt gut!

Oh, der Lehrling des Handwerkers von vorhin!

Hey, Kai ...!

Wer A...?!

Guten Taag!

Den hau ich mit einem Schlag um!

Der scheint ein richtiger Waschlappen zu sein.

Ha ha ha ...

Riesel Riesel
サラサラ...

Ja, schon ...

Wa...?!

Mmbf!

Der Kerl mit den weißen Haaren hat eine richtige Schlappe kassiert!

Muss hart sein mit dem als Lehrmeister.

... und arbeite für mich!

Verlass den Lappen ...

Komm, Junge.

Mmbf!

Ja, okay ...

ヒック
Hicks

Du kriegst auch deinen Anteil.

Du erkennst als Erzhandwerker doch die guten Erzadern, nicht?

Ha ha ha! Du hast Mumm!

Dann lass uns loslegen!

Patsch

Patsch

Aber nur, wenn du gegen mich gewinnst.

Hey, hey! Weiß er, was er da verspricht?!

Bitte Rücksicht nehmen!

Grins

... schau gut zu!

Flüster

Ko ...

88

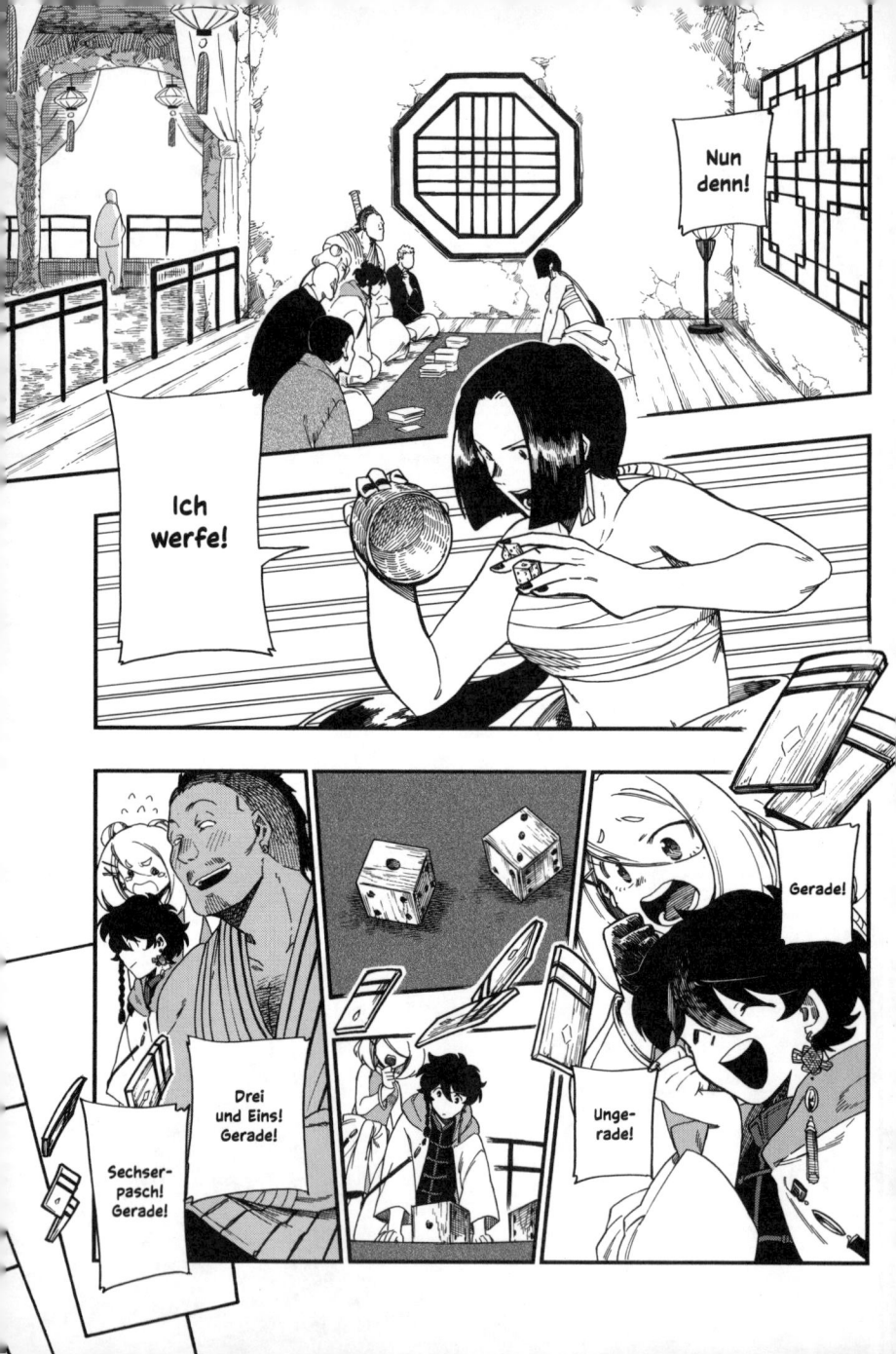

... verdammt gut ...

Raun

Ngh ...!

Du ...!

Hey, du bist ...

Raun

Raun

Du Rotzbengel schummelst doch!

Gatschang

Bamm

!!

Wie sonst hast du fünfzig-mal in Folge gewonnen?!

Hä ?!

Wenn hier wer schummelt, dann du und deine Würflerin.

Wie bitte ...?

... ausgemacht, welche Runde gerade oder ungerade wird.

Ihr habt bereits im Voraus ...

Es musste also nur der entsprechende Würfel verwendet werden.

Außerdem habt ihr verschiedene Würfel, die auf einer Seite mit Wasser gefüllt sind, vorbereitet.

Ach so ...

Diese Seite landet oben.

Wasser

てん、 Kuller

てん、 Kuller

Und wieso weißt du das alles ...?

Ich hatte mal einen ähnlichen Job.

Hab mir die Würfel aufgrund der Holzmaserung gemerkt.

Das ist eine häufige Masche.

Hm? Aber wie hast du dann gewonnen?

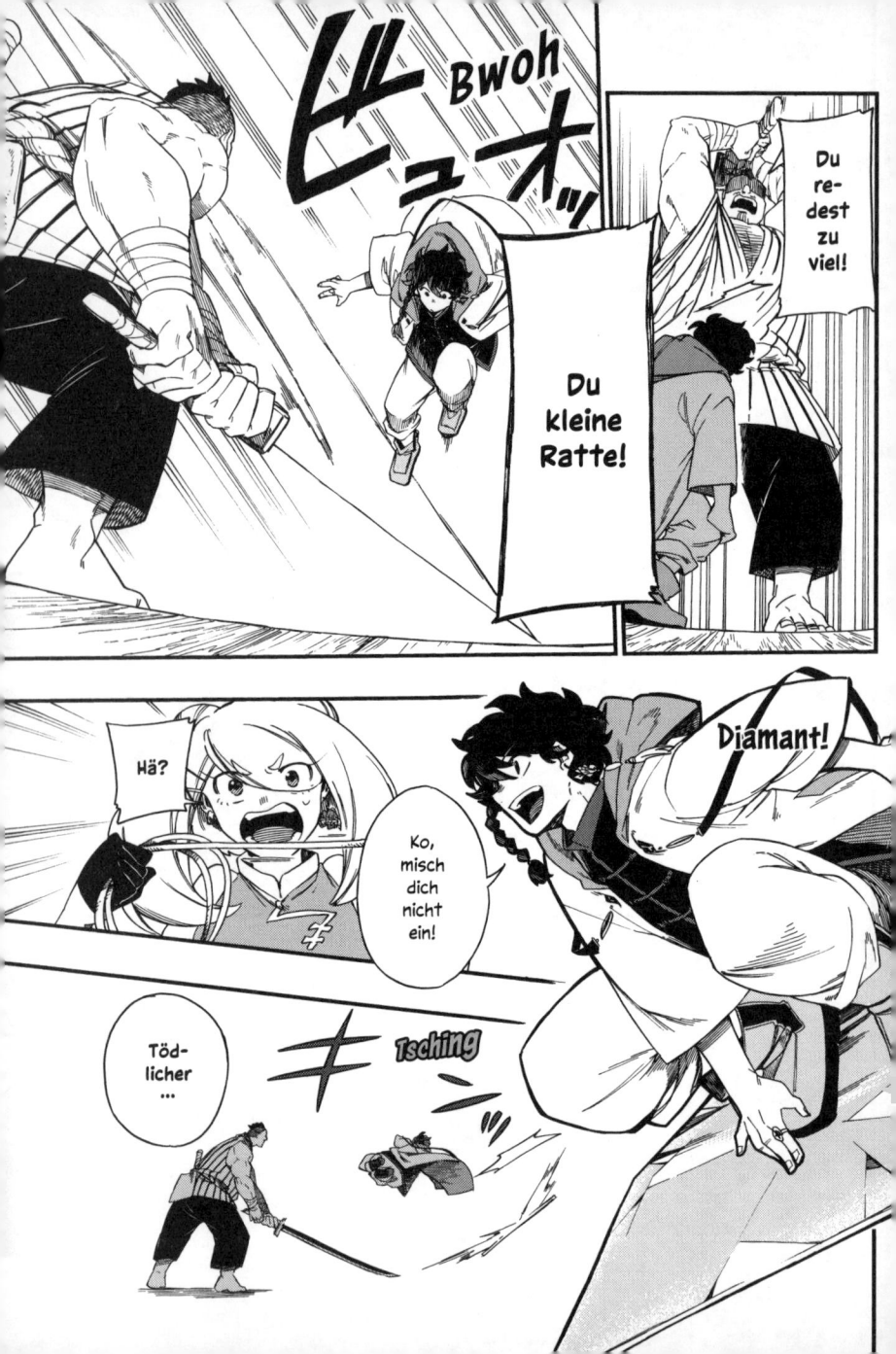

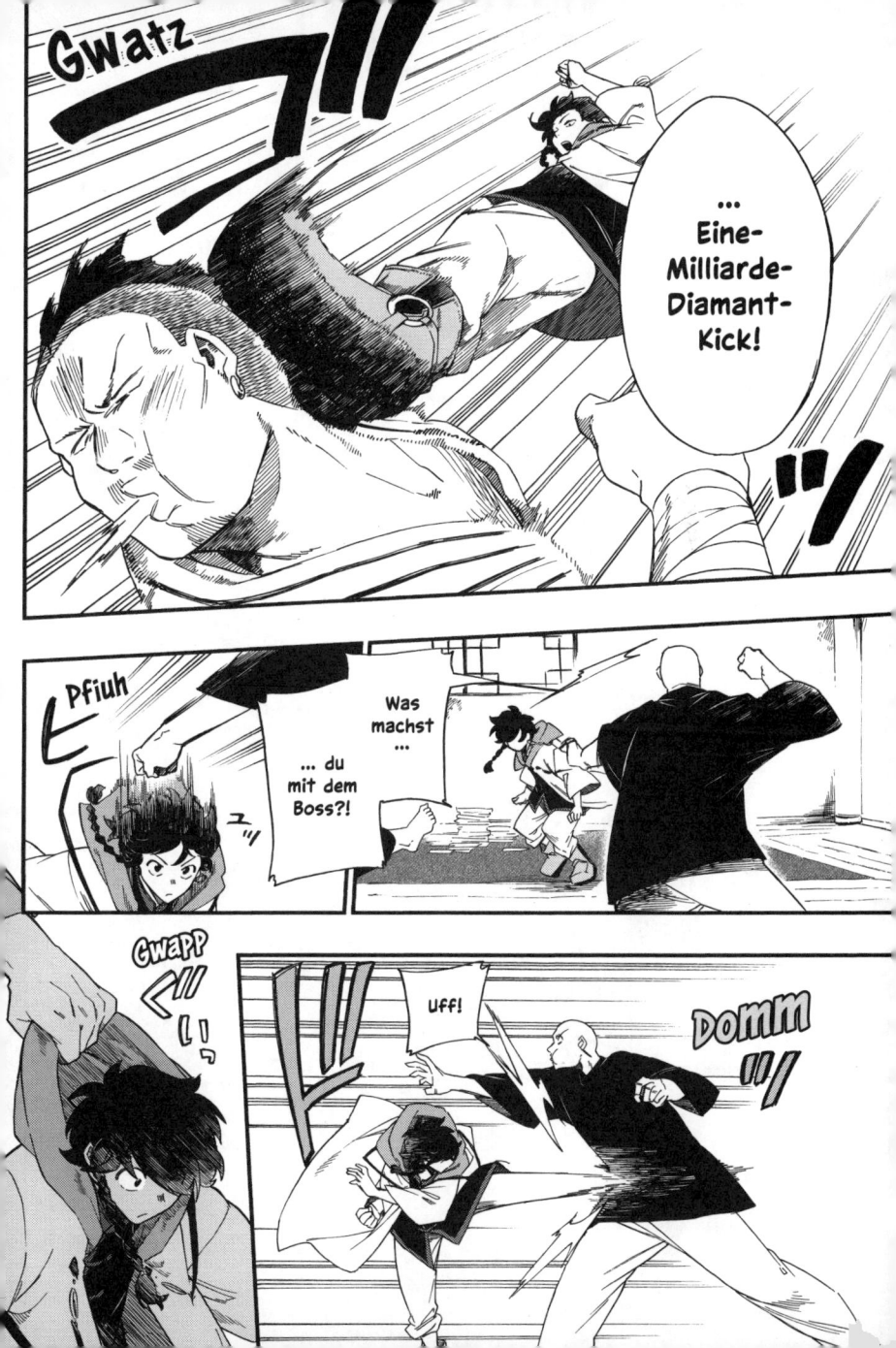

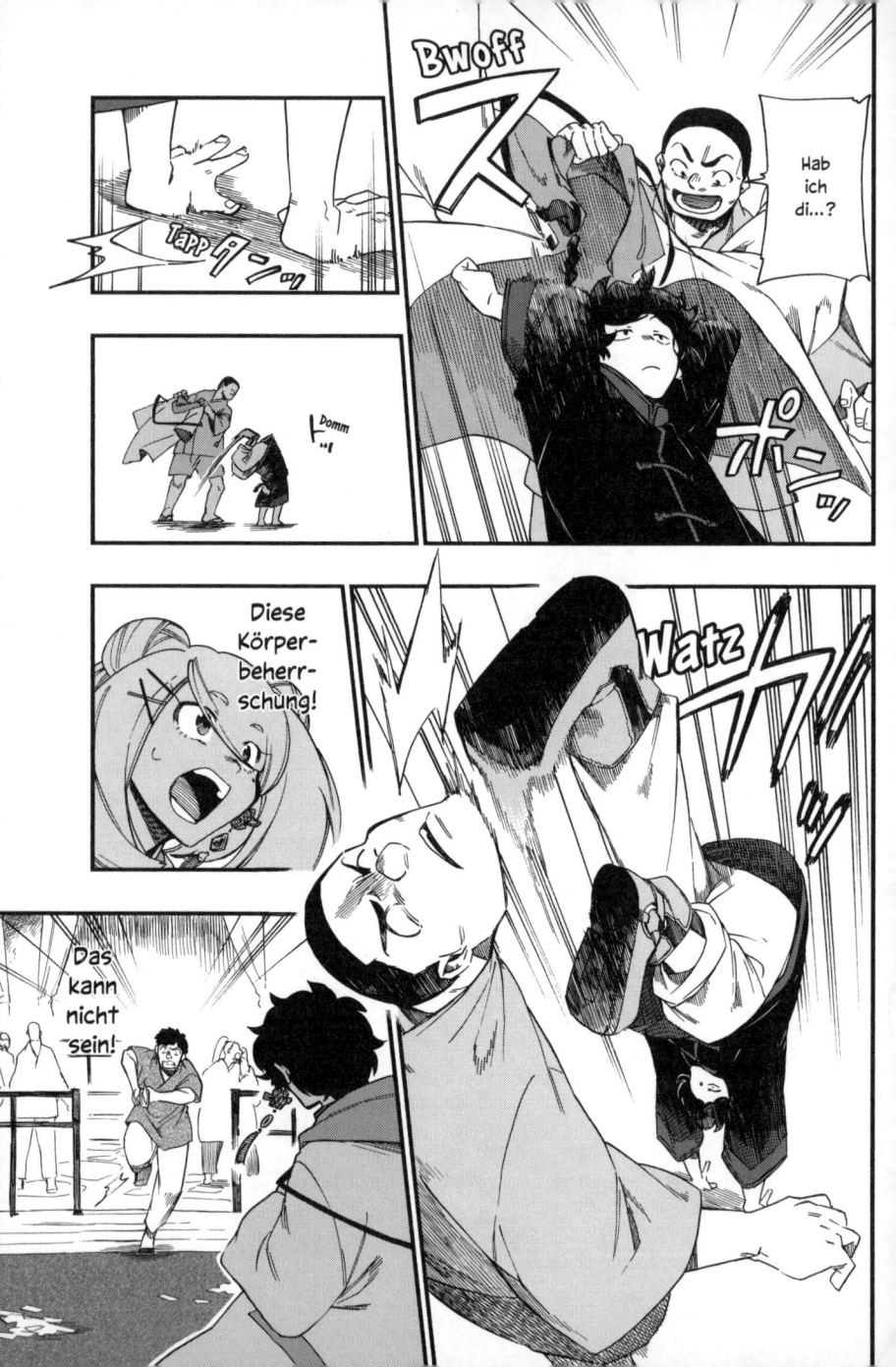

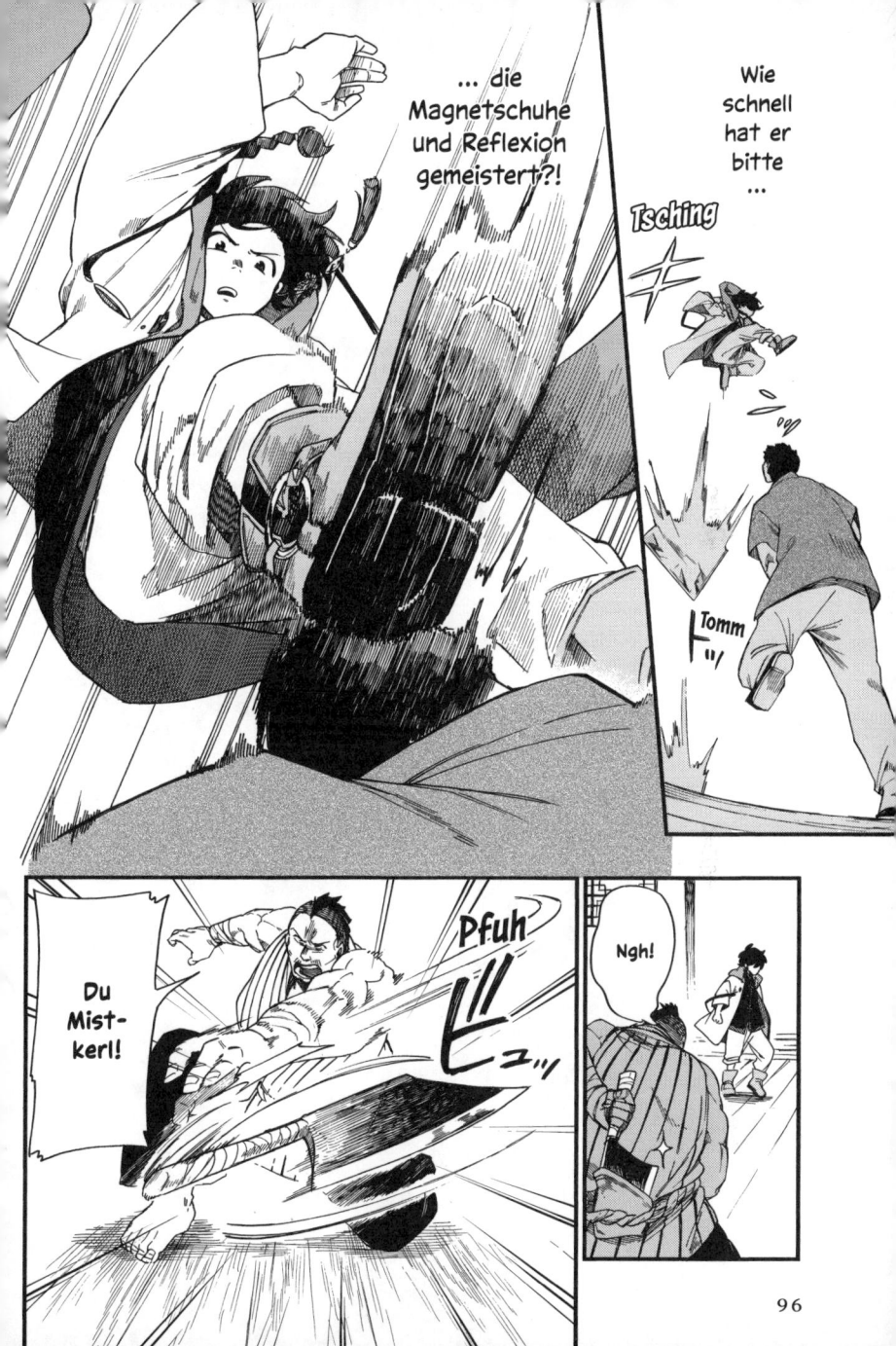

Äh
...?

スコー
Waklong

ン
ン

Tsching

Wah!

Dotz

Ah
...!

Tock
コツ...

Ach
was
...

D...
Das
war
knapp
...

Funkel

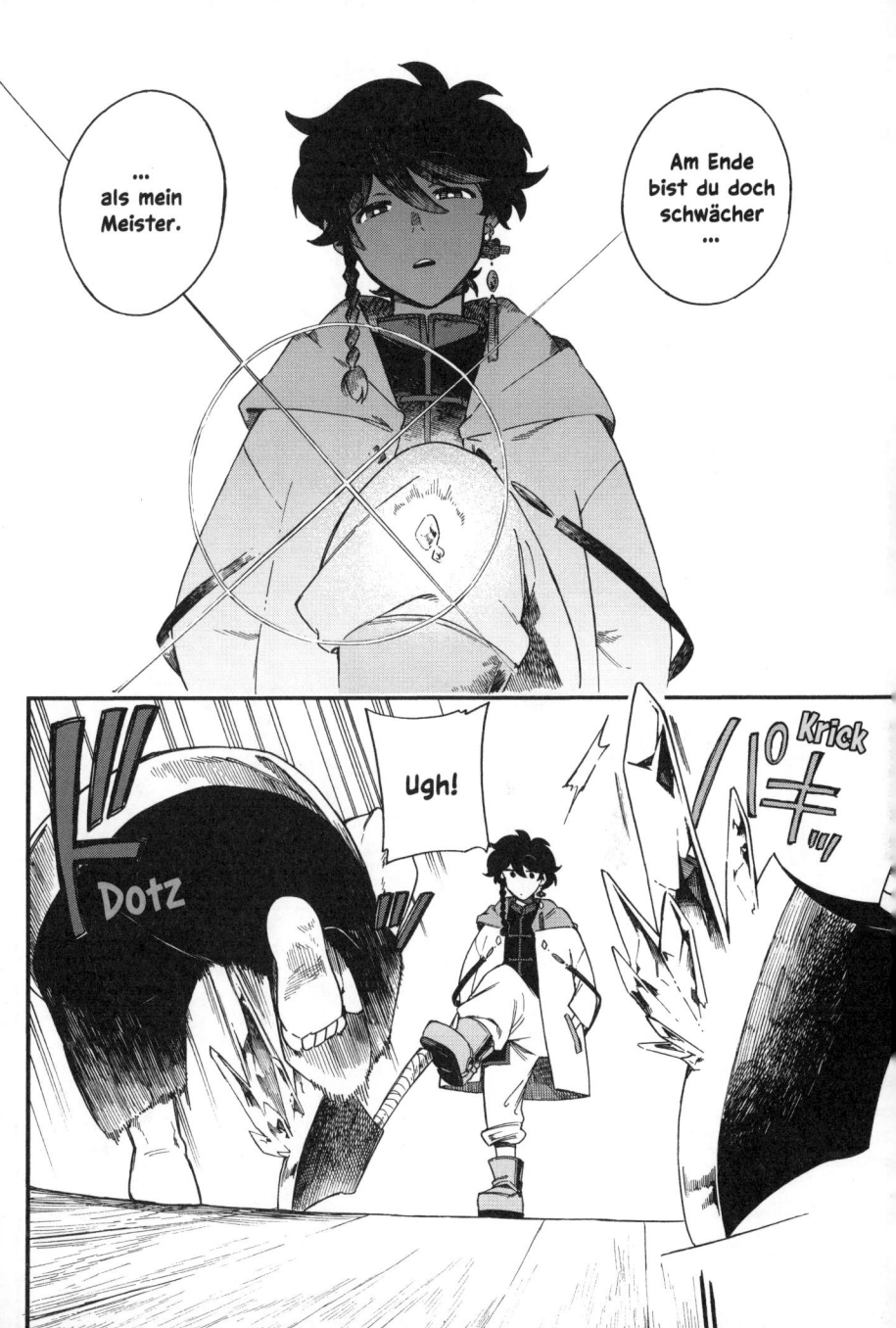

Ja
...

Gwapp

Ich hab den roten Diamanten benutzt.

Oh nein!

"Wackel" Ħワ...

Kai, das war toll!

Hauptsache, gewonnen!

Hör auf! Ich hab mich schon darum gekümmert!

Äh?!

Uwaah うわ あぁ

Ah, Kai! Es tut mir so leid! Ich werde alle Juwelen verkaufen und ...

Hah
...

Er kriegt es also ...
... doch irgendwie hin.
Für einen Lehrmeister machst du mir ganz schön Arbeit!
Hä? Hä?
Ah ja ...
Klatsch Klatsch
Wie beeindruckend!
Ach so! ☆
Wunderschön!

Ha wa wa wa
はわわわ…

Eeeendlich…

Kai, ja?!

Bwosch

Typisch Benito, mächtig wie immer.

Sie kennen ihn?

Gwapp

Waaaaah

Knack

Knack

Kratsch

… treffen wir uns!

Kapitel 10: Die rote Klinge

Benito war früher Arzt und fertigt jetzt für Erzhandwerker die passende Waffe an.

Und sein Lehrling Kurogane!

Baumel

Ich glaube, er ist tot ...

Hm?

Ja, er ist ein alter Freund. Benito der Waffenschmied.

Baumel

Ein Arzt ...?

Wo denkst du hin! Natürlich haben wir – also Kai – das! ♡

Anschreiben ist nicht.

Hey, Akeboshi. Eine Waffe ist ja schön und gut, aber hast du Geld dabei?

Hast du noch nie einen Steinfresser gesehen?

Hörner ...?

...!

Dann wollen wir gleich los!

102

... dass wir unsere Sinne mit Erzen verbinden können.

Wir vom Volk der Steinfresser ernähren uns von Steinen.

Wir sind an unseren steinernen Hörnern zu erkennen.

Unsere Fähigkeit ist ...

... ein Schmied, der mit seinen Waffen kommunizieren kann.

Ich bin also ...

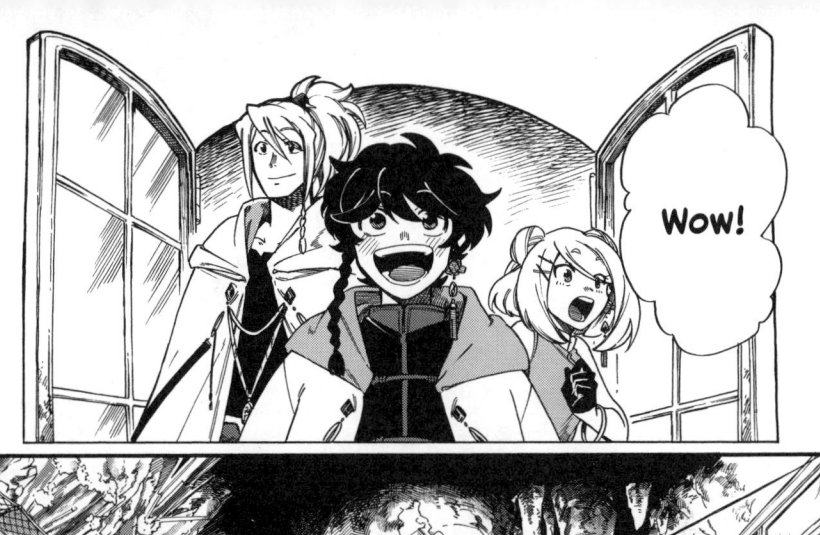

Wow!

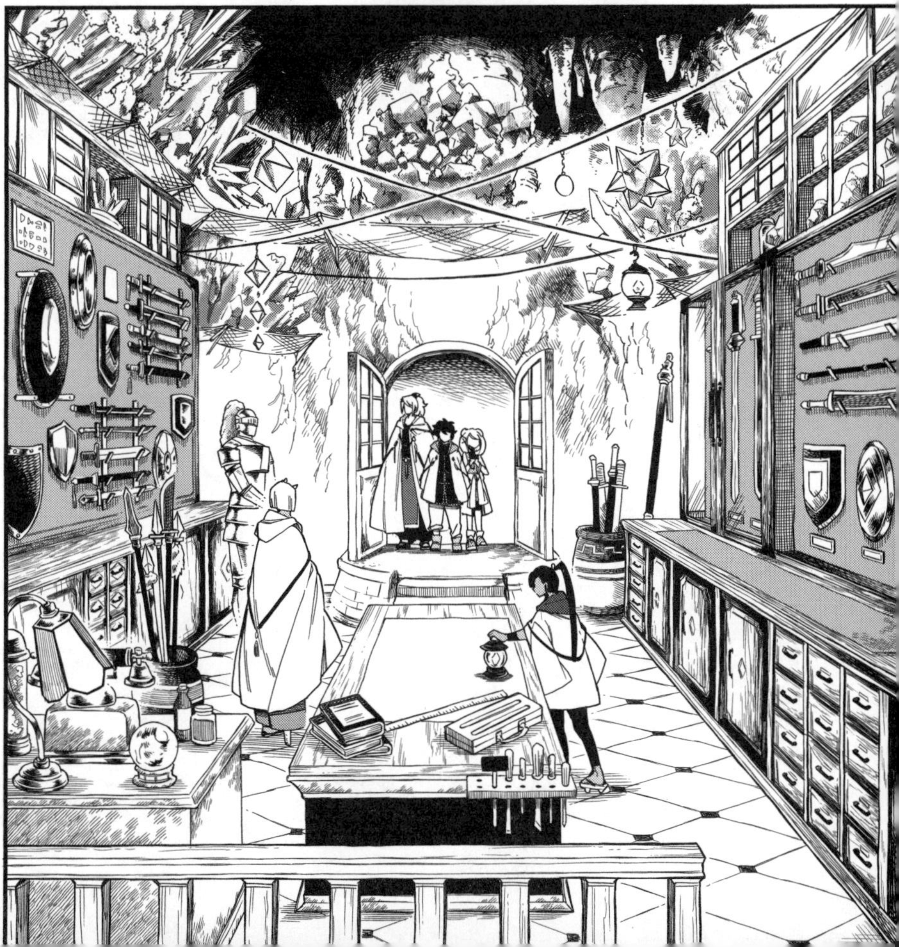

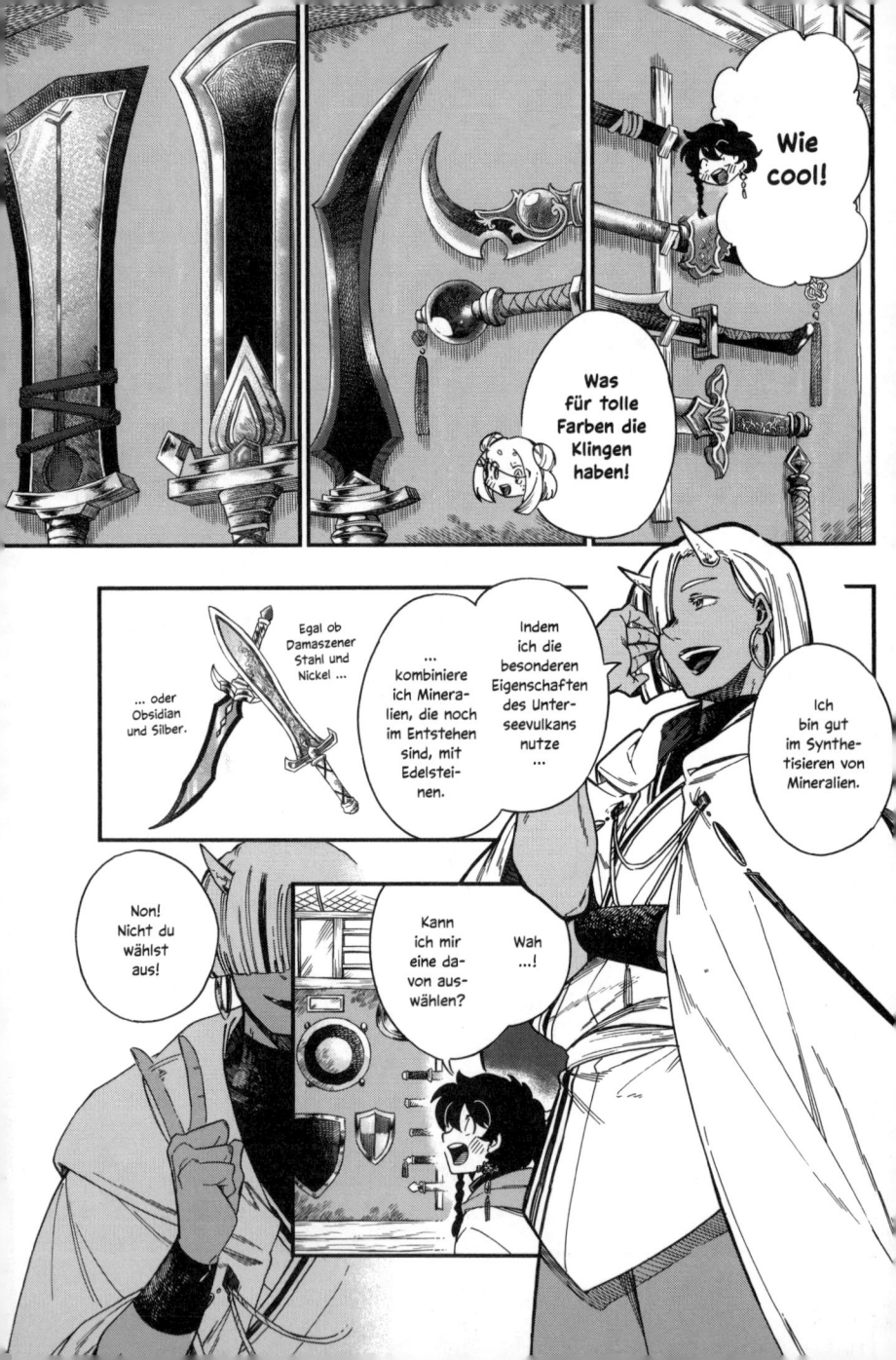

... von der Waffe erwählt?

Ich werde ...

... von der Waffe erwählt!

Du wirst ...

So machen wir das hier.

... stelle ich dann auf dich ein.

Ja, und die Waffe, die dich auserwählt hat ...

Schließ deine Augen.

... meine Waffen ein Gespräch miteinander führen.

Lassen wir deine Steine und ...

Egal, ob sie mit Dingen oder Menschen zu tun hat. Was kommt dir in den Sinn?

Denk bitte an Stärke.

... denken?

An Stärke ...

...

Gong
コーン...

ゴン。。。
Klang

ゴン。。。
Ki

ing
····イン

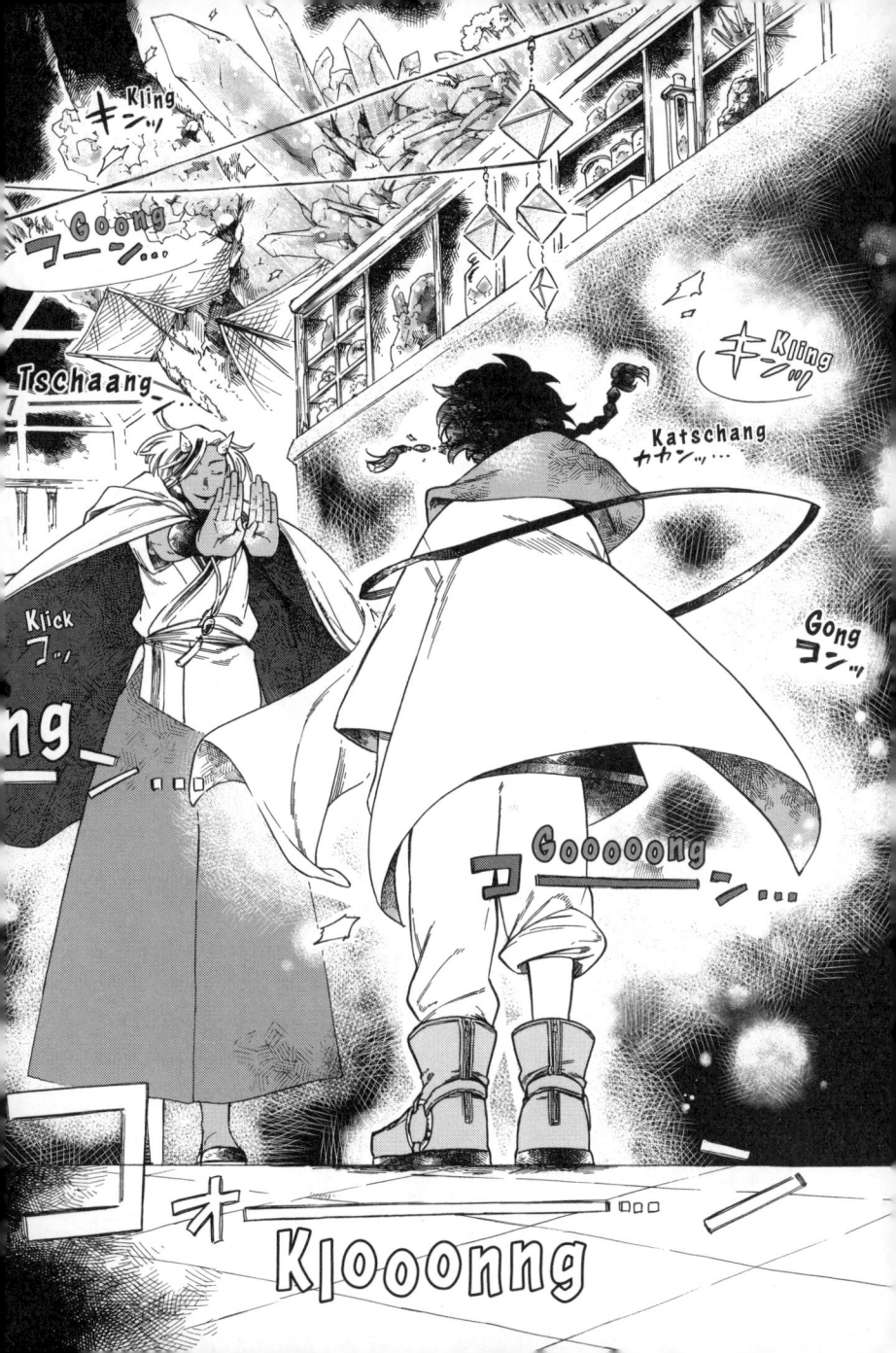

Das meinte Benito mit Gespräch.

Er hört die Stimmen von Kais Diamanten und seinen Waffen.

Die Steine leuchten ...

Gong

Gong

Ich wünschte, ich könnte sie auch hören.

Wie schön ...

GOOO

Klanng

Stärke ...

Stärke ...

...

Gong

Nein, irgend-wie doch nicht, aber ...!

Nein, das ist falsch ...!

Mach ruhig so weiter!

100 Punkte!

Er hat es gesehen!

Aaaaah

GWIPP

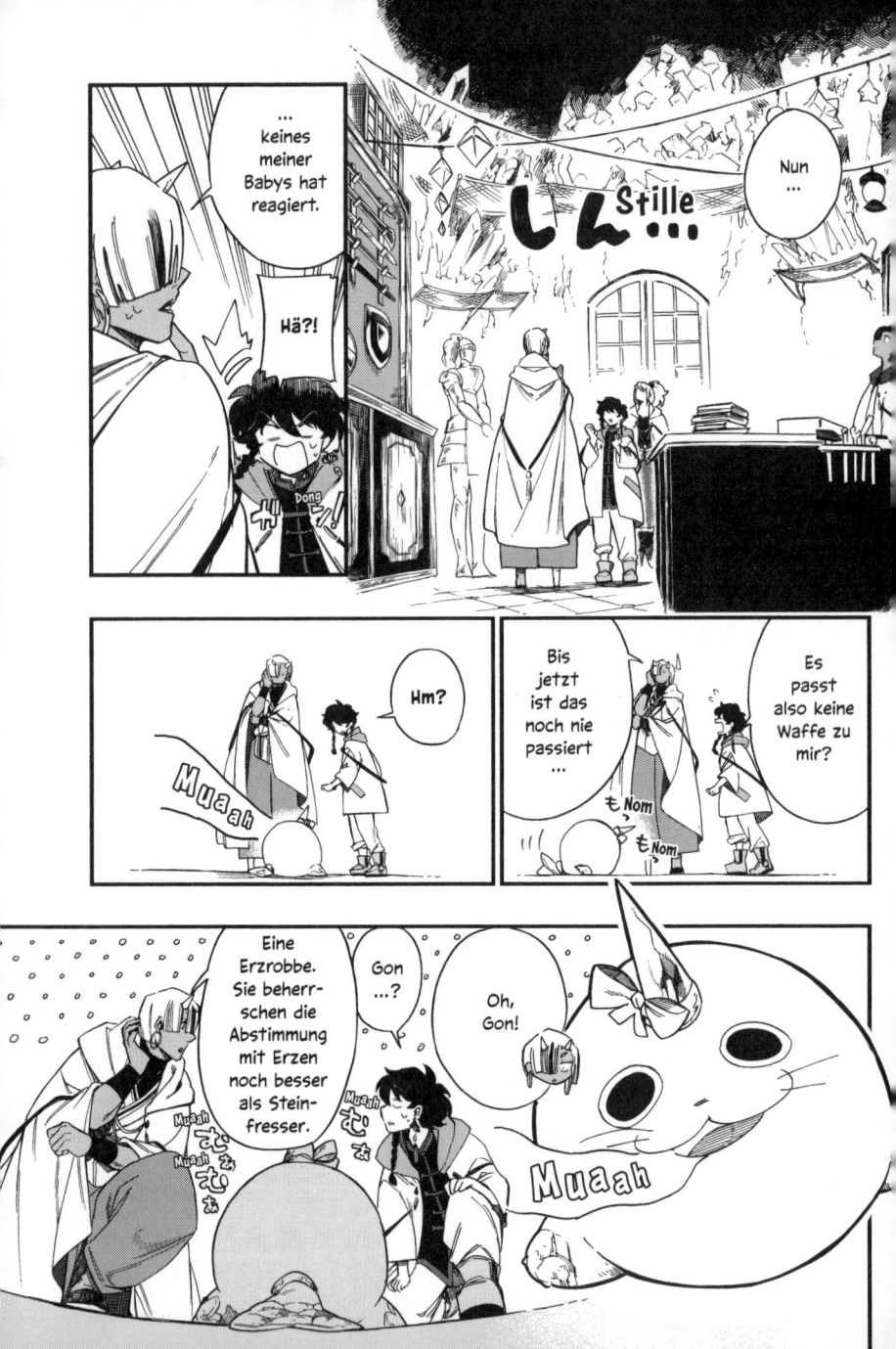

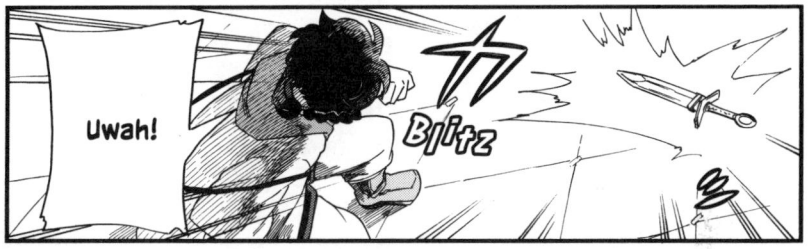
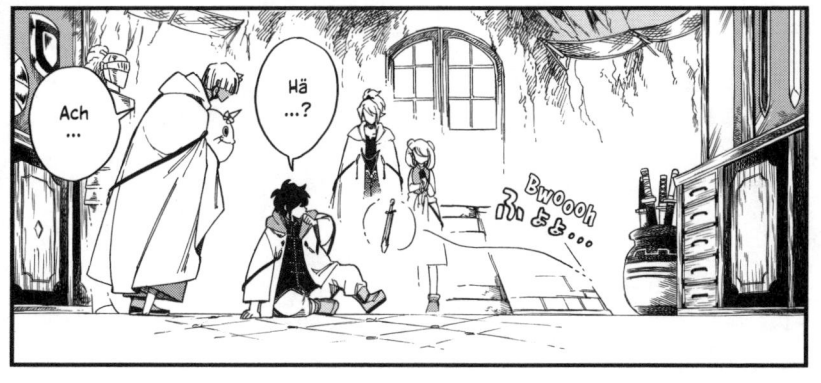

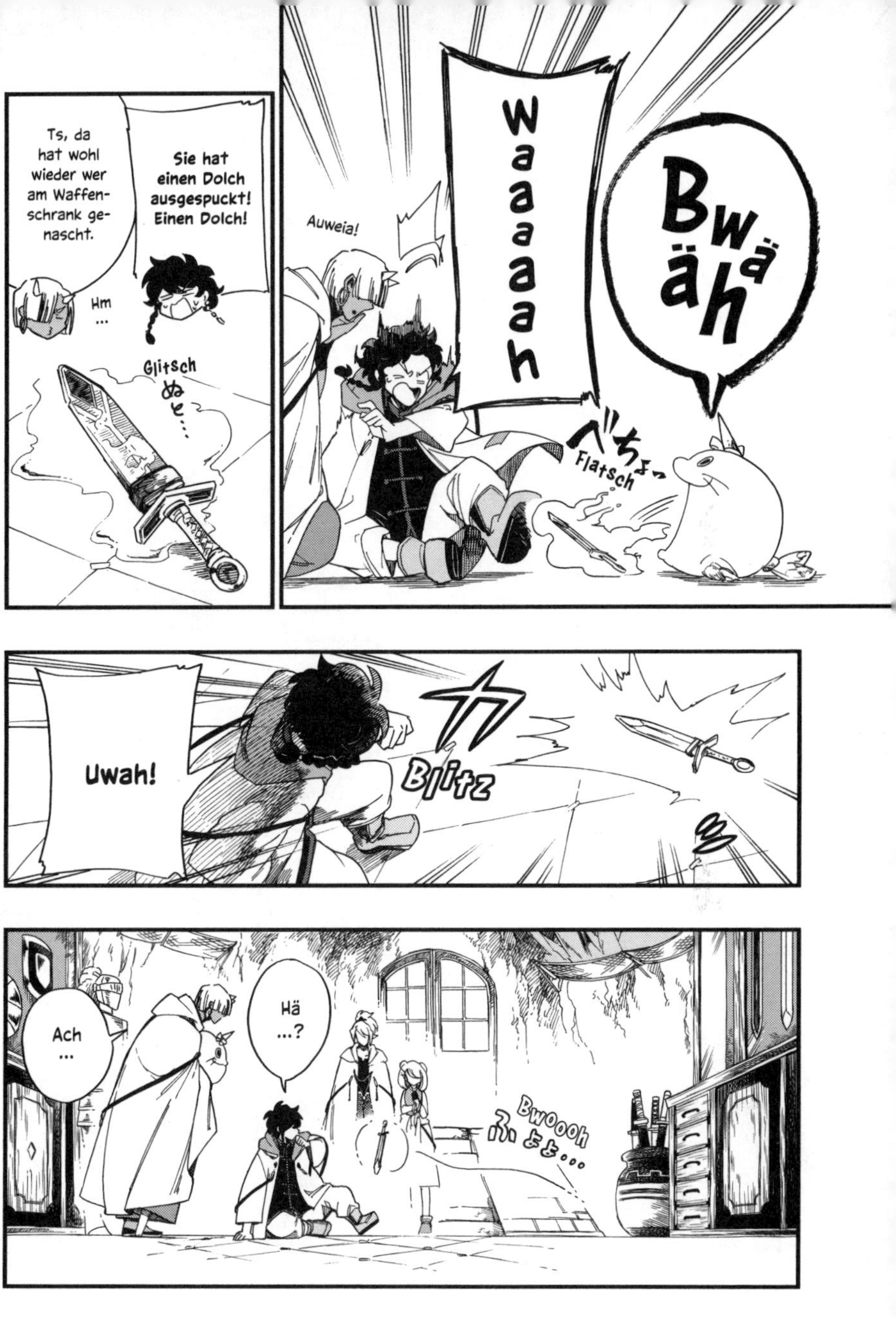

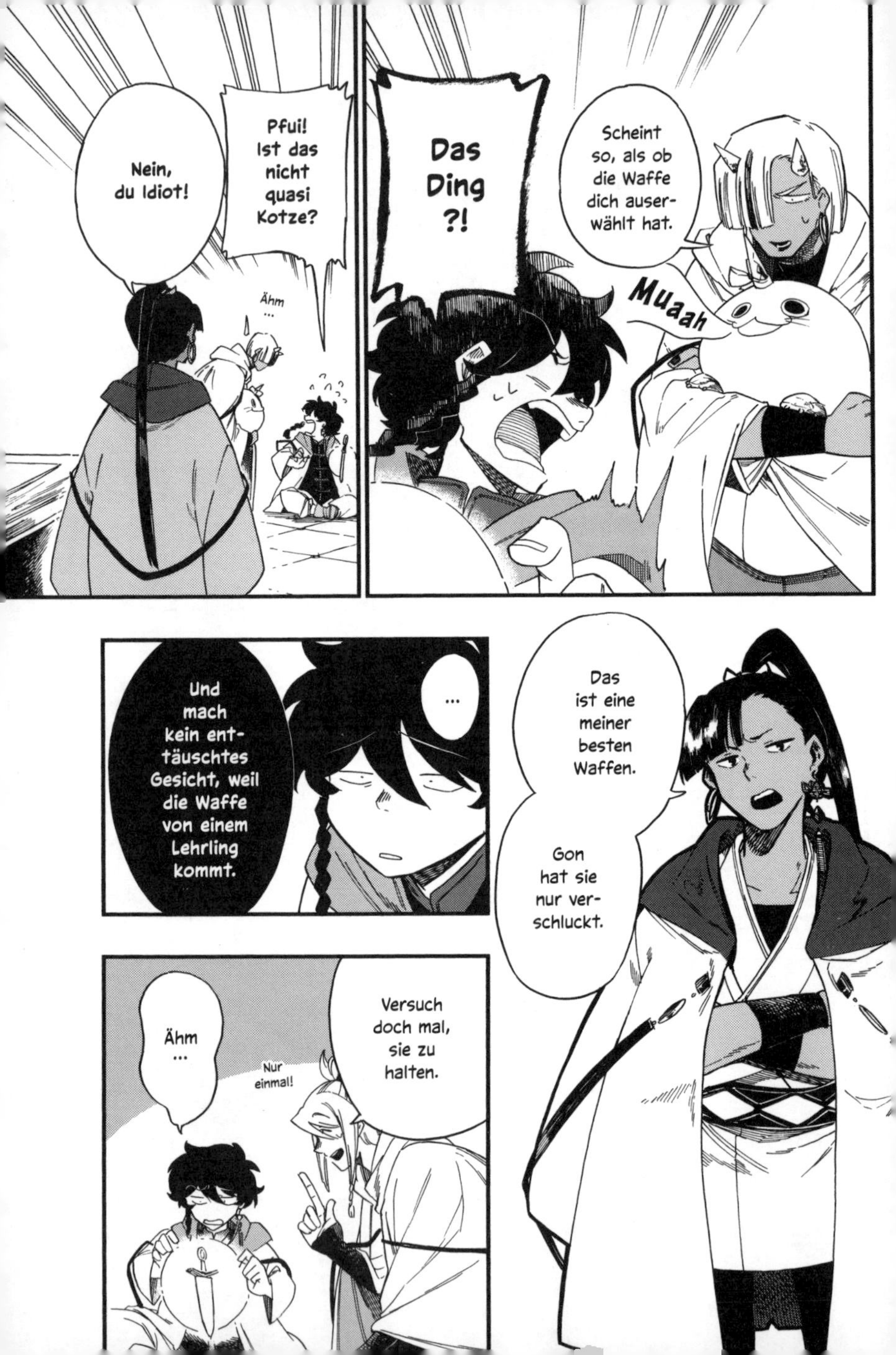

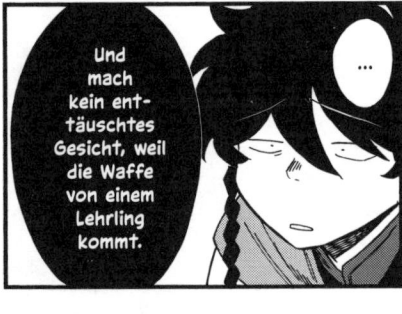
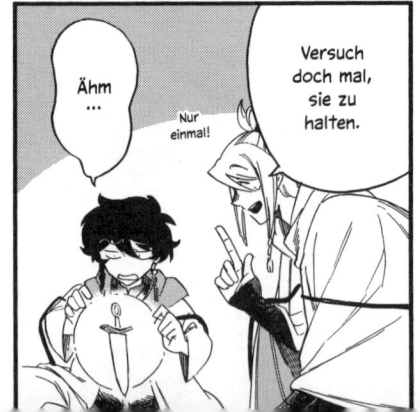
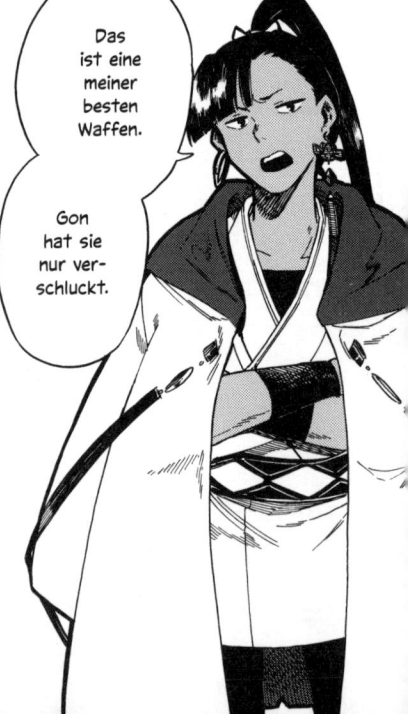

Tsching

Was ist das Konzept der Waffe?

Wow, das fühlt sich gut an.

Glaube ich ...!

Warum kann man die überhaupt biegen?!

Bonjong

Sie besteht aus einer Formgedächtnislegierung und kehrt immer in ihre Ursprungsform zurück. Auch wenn sie gebogen wird.

Hmpf

Kai.

Was ist das für Schrott ...?

Die biegt sich ja richtig ...

Gwimm

Es kommt nur darauf an, wer etwas in die Hände bekommt.

... gibt es auch nichts, was wirklich Schrott ist.

... so wie es auf der Welt kein Juwel gibt, das wirklich alle haben wollen ...

Ich glaube ...

Ich hab dich trotz deines Beins eingestellt.

Werd nicht frech.

Deshalb fertigt er viele Flucht- und Selbstverteidigungswaffen an.

... mag keine Kämpfe, auch wenn er so wirkt.

Weißt du, Kurogane ...

Ah ...

Letztendlich hat die Waffe dich zu sich gerufen.

Aber als Kuroganes Lehrmeister würde es mich freuen, wenn du sie ausprobierst.

Als Ladenbesitzer tut es mir leid, dass ich dir nur die Waffe meines Lehrlings anbieten kann.

Komm auch, Kurogane!

Ich denk kurz darüber nach.

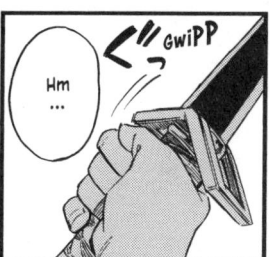

Hm ...

GwiPP

Nicht wahr! Nicht wahr!

Es biegt sich! Es biegt sich!

Er ist ein guter Junge.

Akeboshi.

Ja?

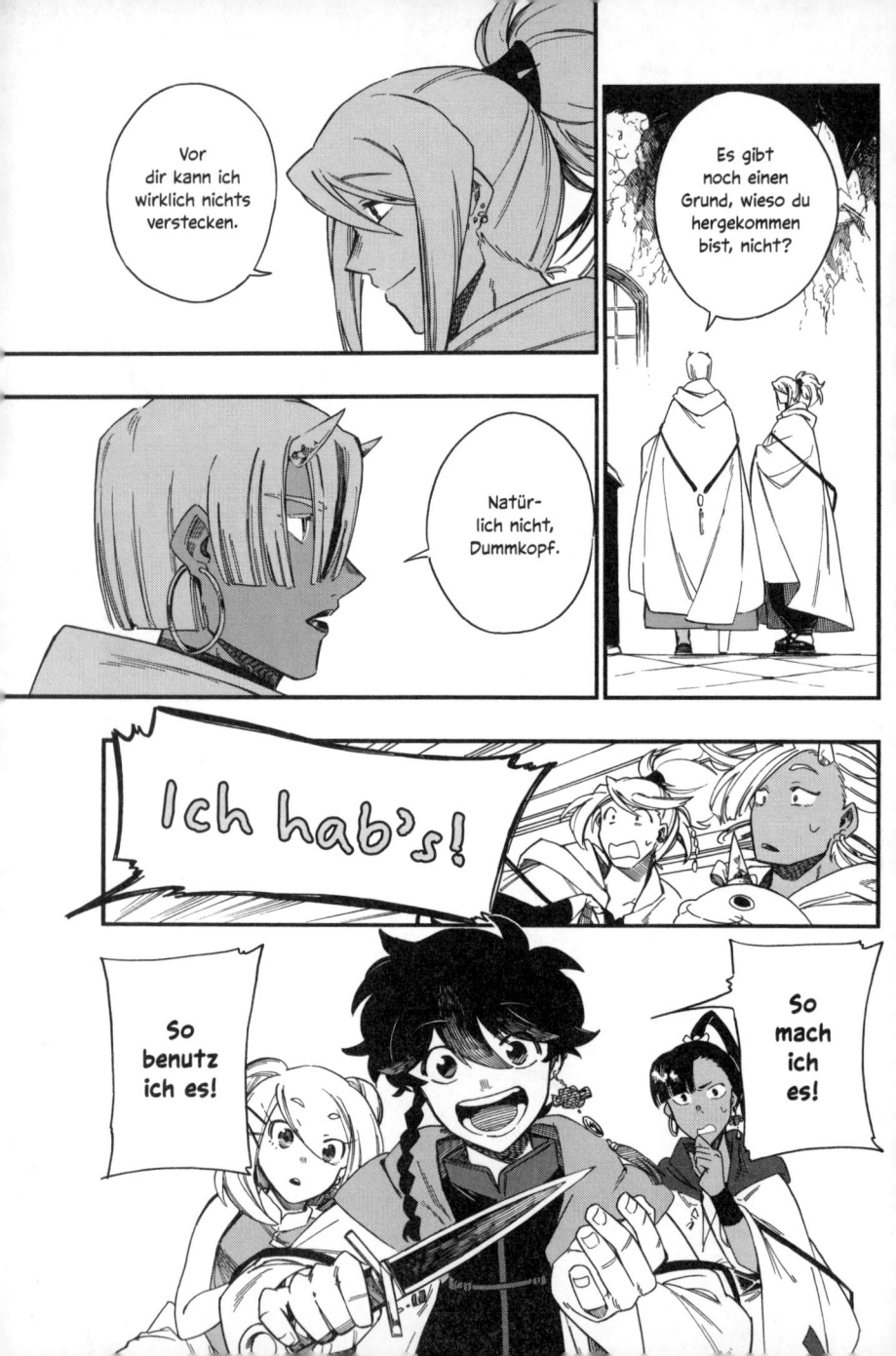

Oh ...
Ist das ein Golem für Probekämpfe?
Das ist Gorbatschow, Spitzname Go.
Dzmm
Dzmm
ずむん
ずむん
Hey, Kai!
Traust du dir das wirklich zu?
Ich versuch es einfach mal!

Kai ...
... Steine folgen dem Herzen des Handwerkers.
Stell dir die Klinge dünner ...
... klarer und ...
... schärfer als alles vor ...
... was du kennst.
Du ...
... kannst es. Ich weiß es.
Aber bitte übertreib es nicht.
Ja ...
Tschack
... okay.

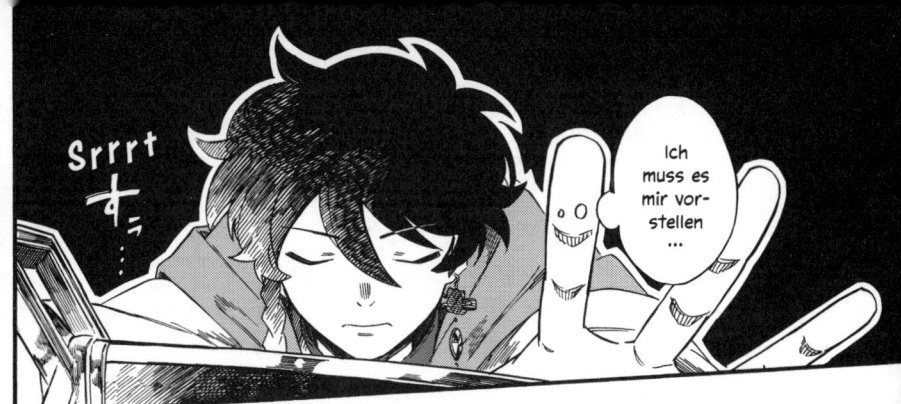

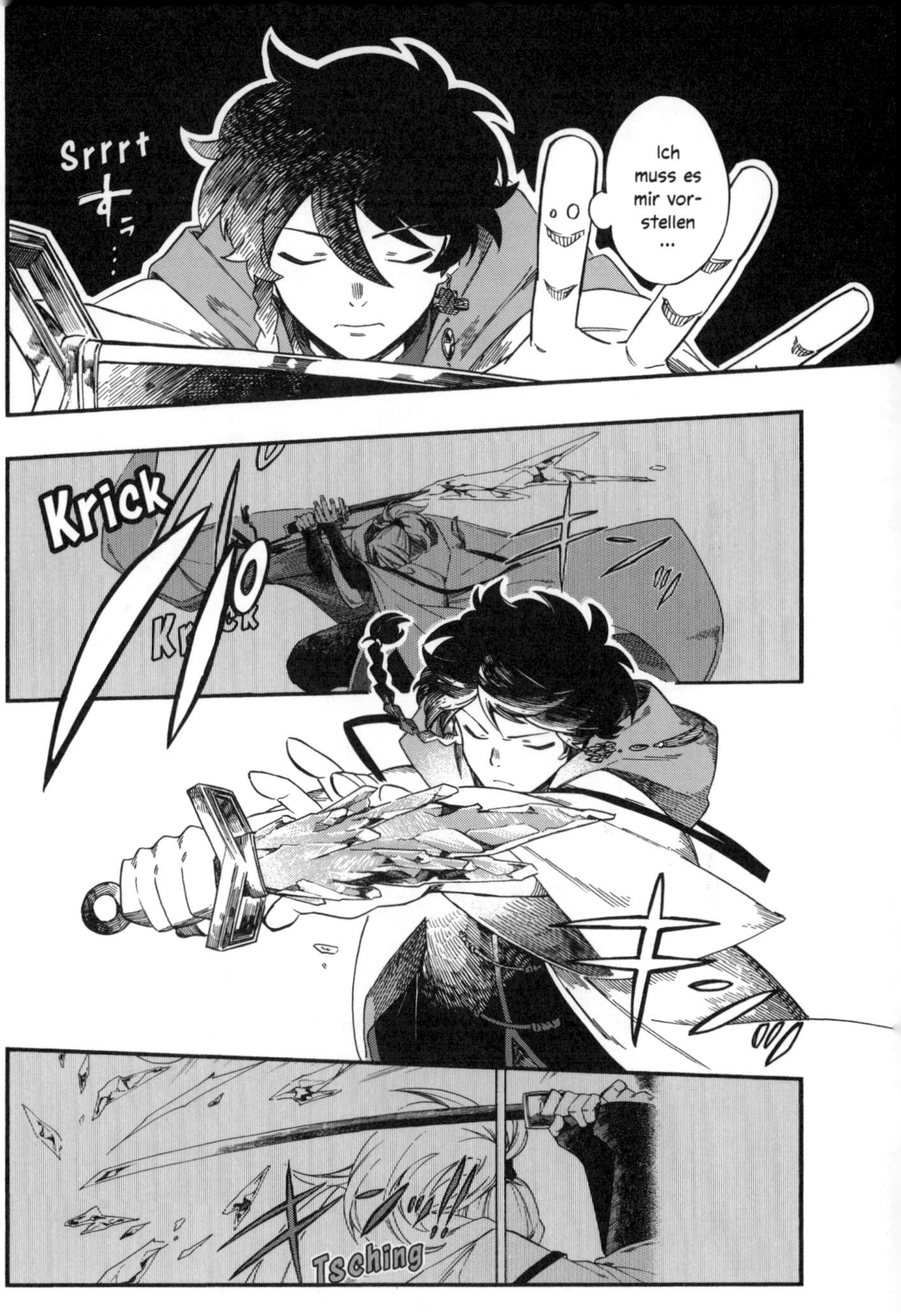

Srrrt
すぅ
……

Ich muss es mir vor- stellen ...

Krick

Krick

Tsching

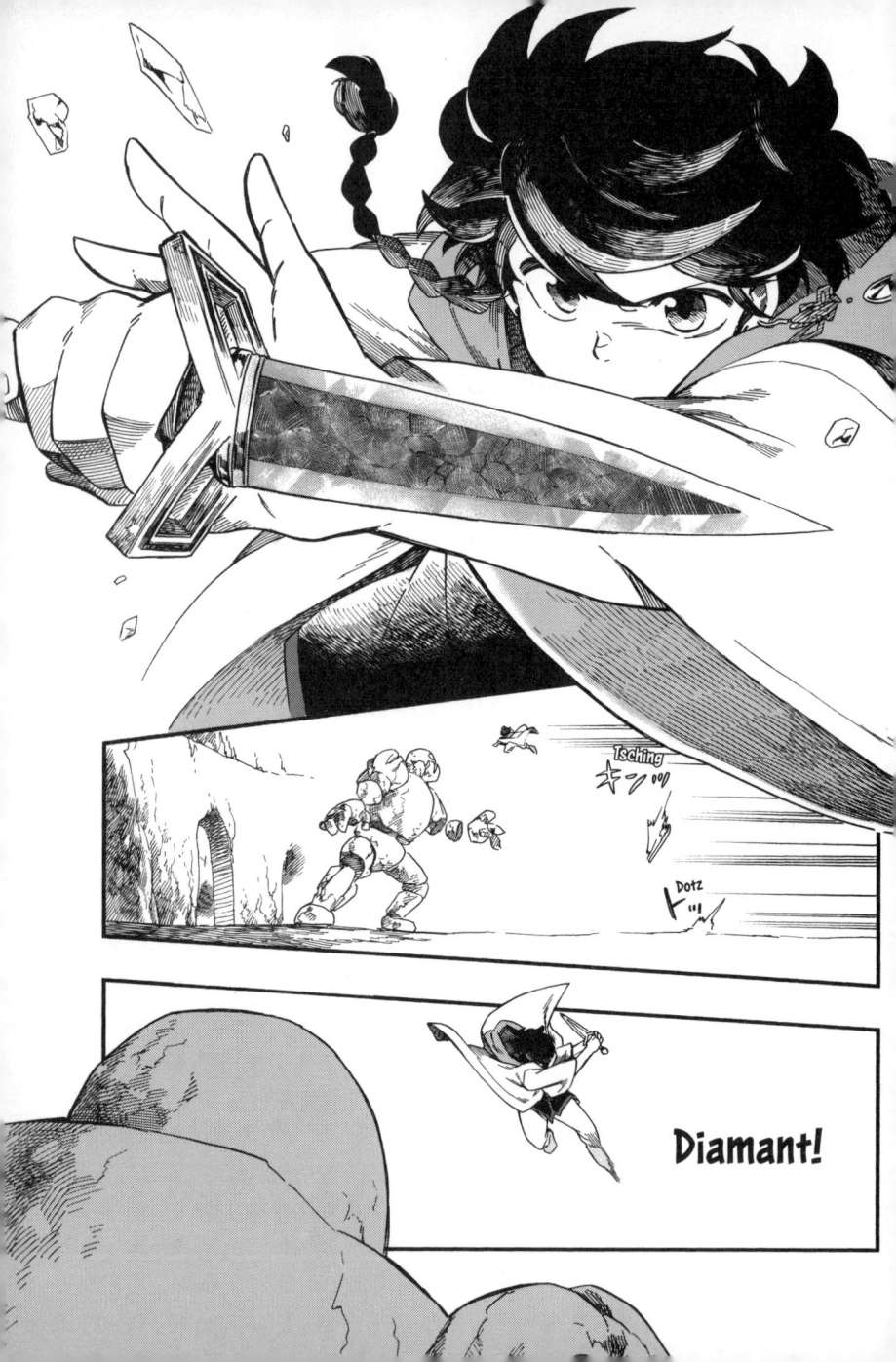

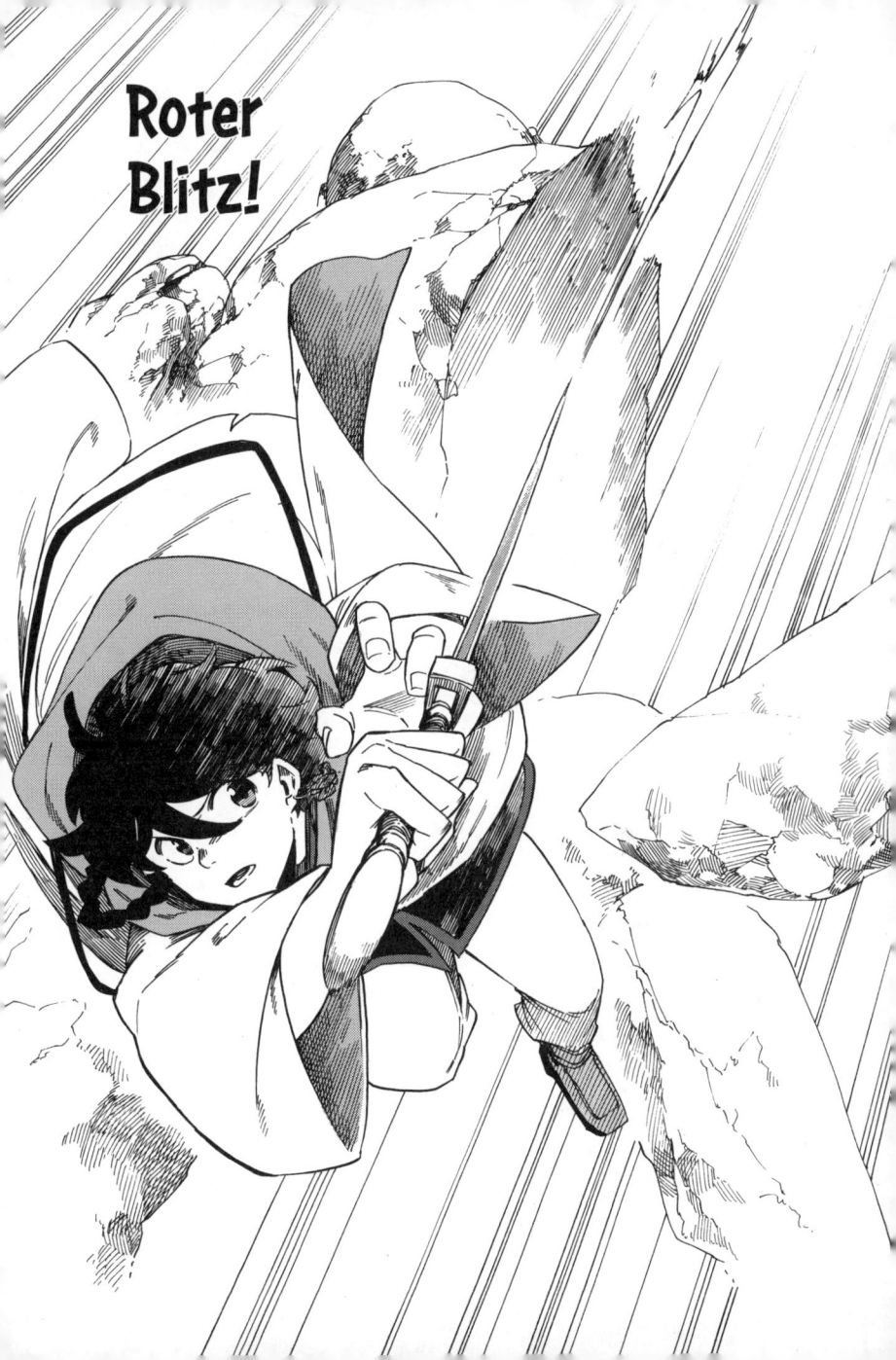

Roter
Blitz!

Dank seiner Eigenschaft kann ich es beliebig oft in einen Diamanten verwandeln!

Schaut! Es wird nicht zu Sand!

Tsching

Dompf

Brockel

Brockel

Es hat geklappt!

Diese Art, es zu nutzen, ist ...

Muaah

Ich will auch eine Umarmung!

Ich auch! Ich will auch eine!

Muaah

Aaah

Wuschel Wuschel Wuschel

Kai, spitze! Toll!

Ey! Lass das!

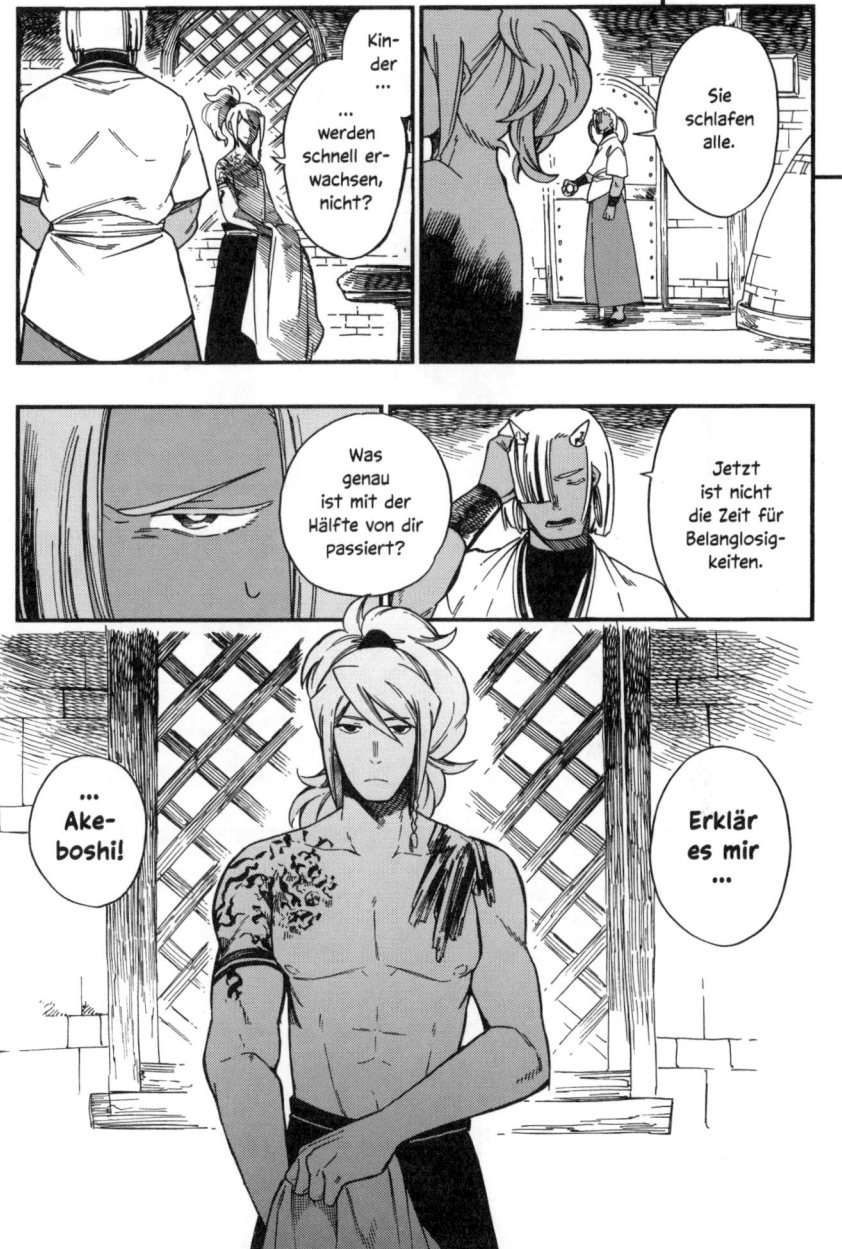

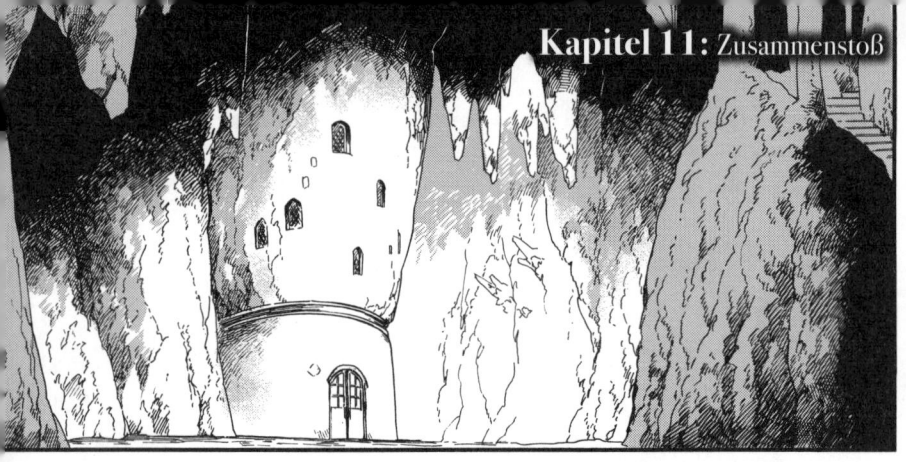

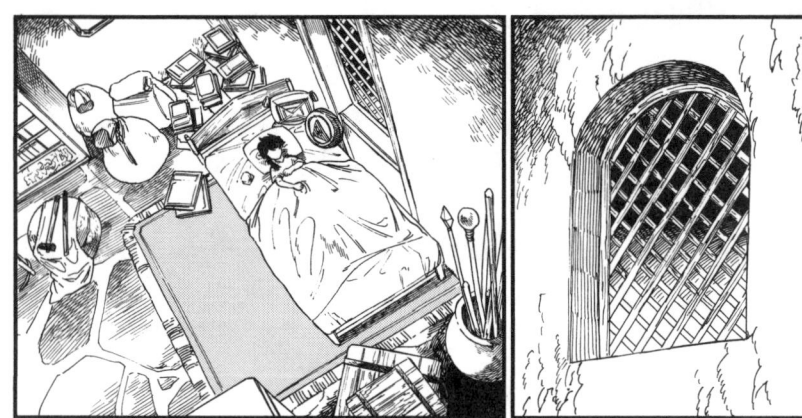

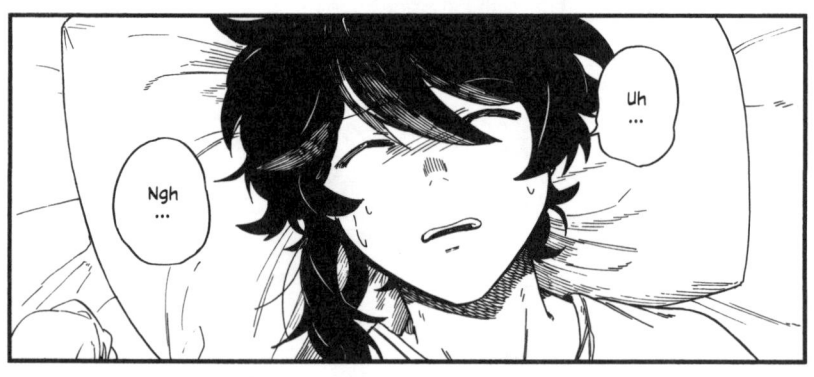

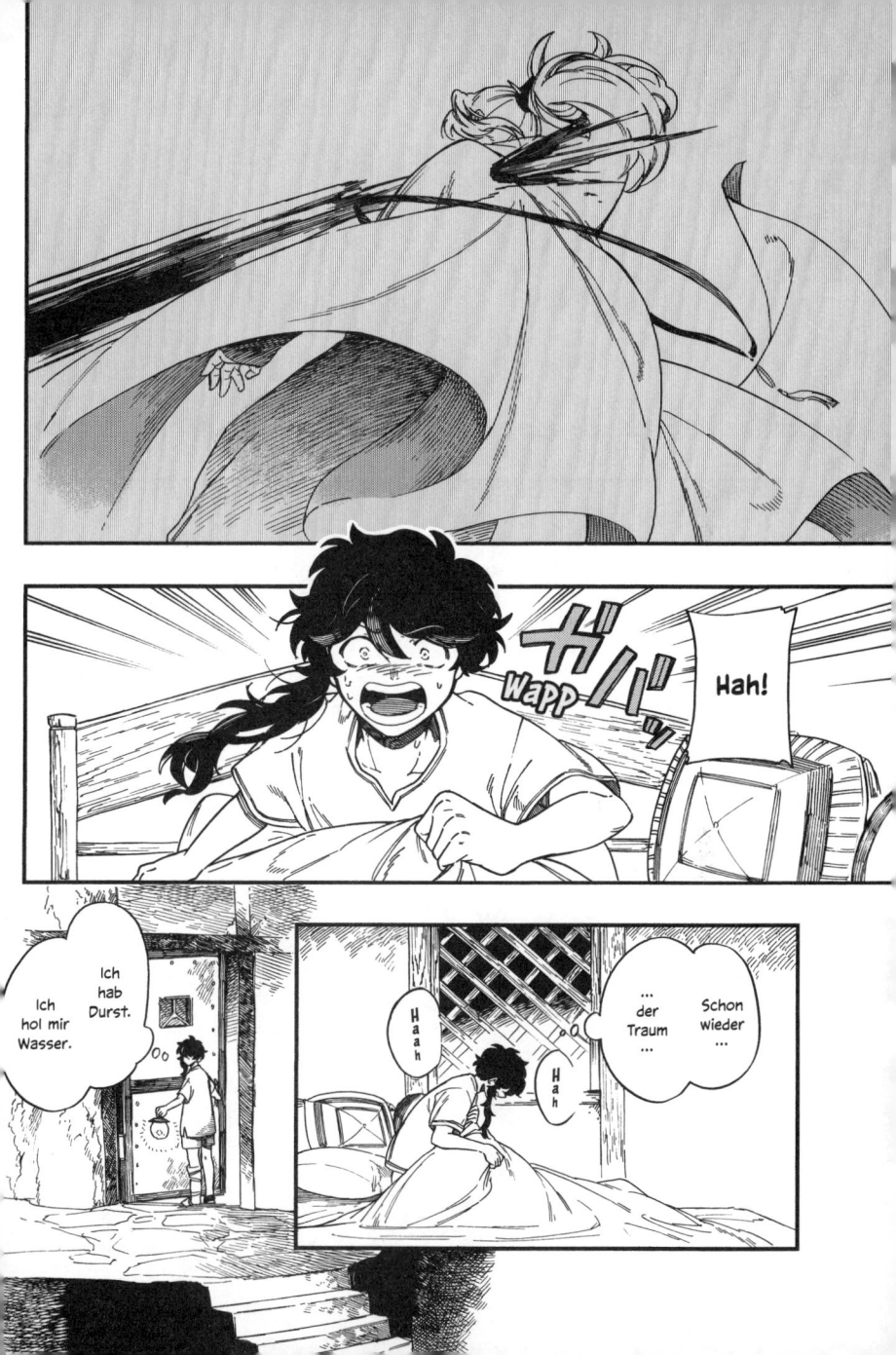

...

...

...

Akeboshi und Benito sind noch wach?

Ich frag sie, wo die Küche ist.

Was zum ...?

Du Idiot!

Du hast es dabei belassen?!

Ein Streit ...?

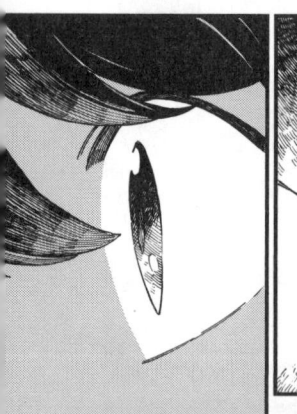

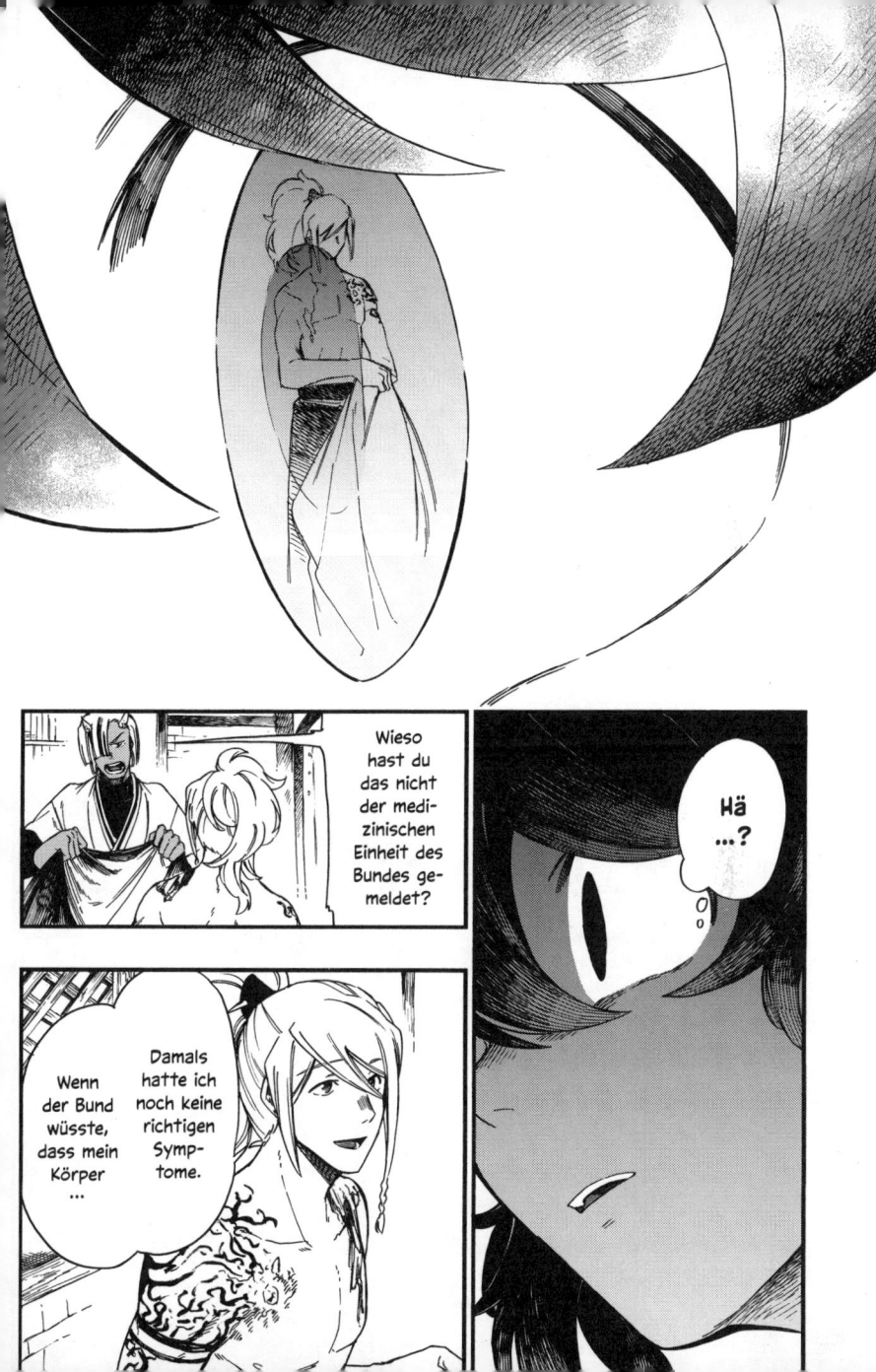

Ist das der wahre Grund für seinen Spitznamen?!

... dann würden sie sich diesen Stein zurückholen.

... ihm nichts nützt ...

Du, ich, ebenso Kurotobi ...

Alles
begann
mit dem
Experi-
ment.

Sie
suchten
nach Kin-
dern ohne
Verwandte
...

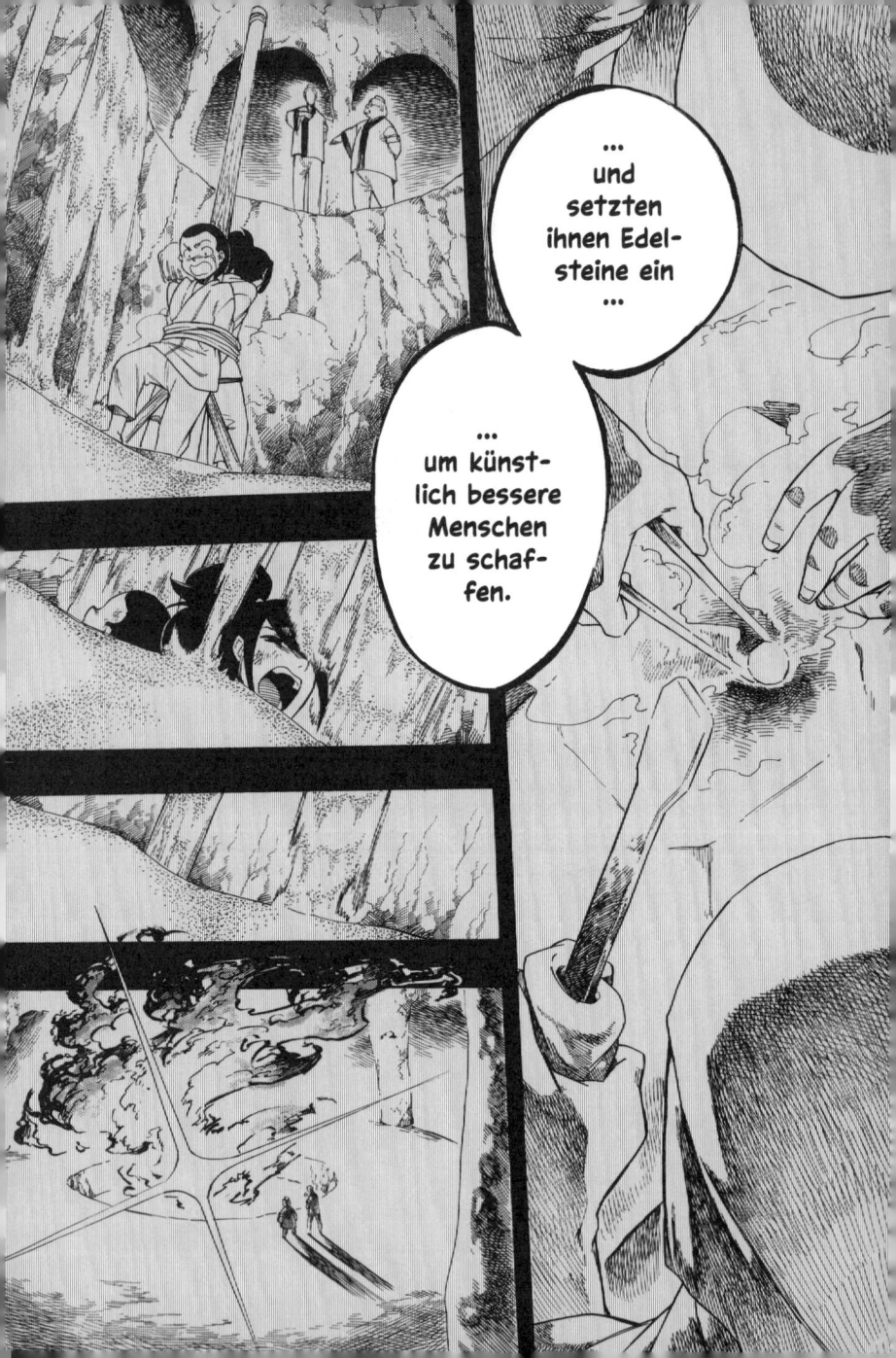

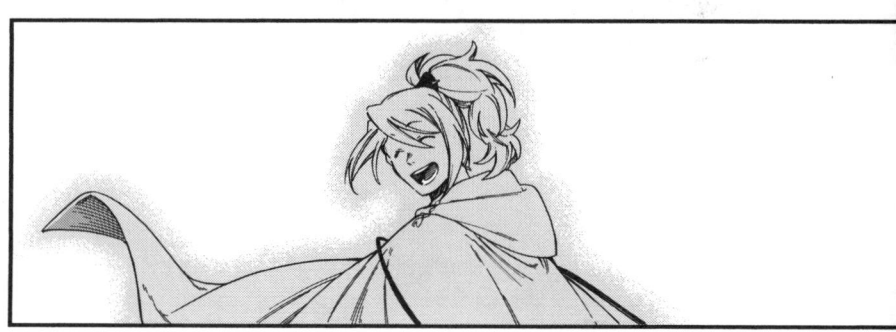

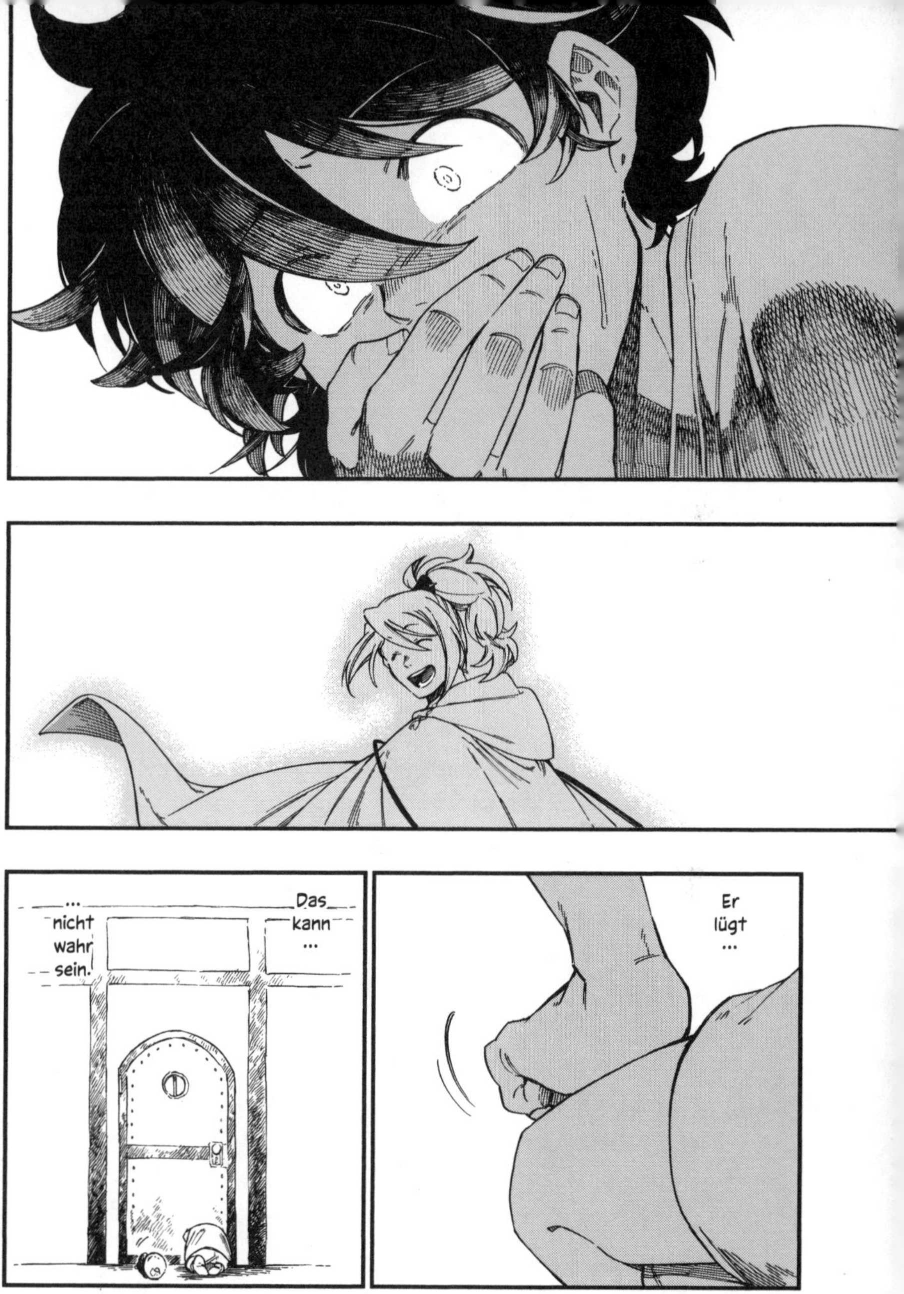

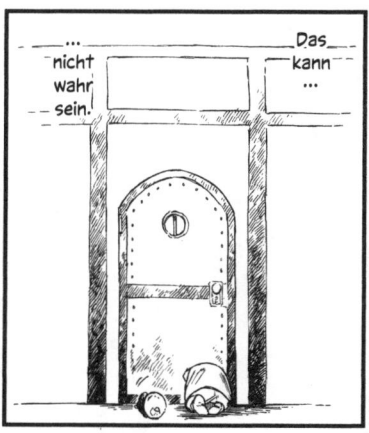

... nicht wahr sein!

Das kann ...

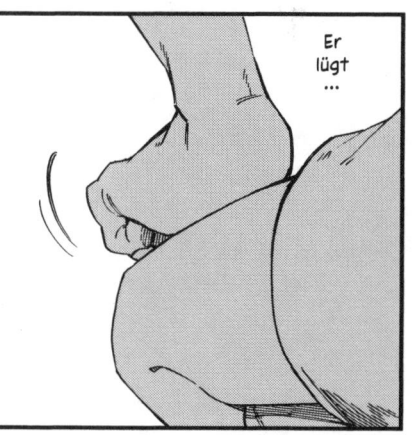

Er lügt ...

Ja, sie haben sicher noch viel schlimmere Dinge als wir durchgemacht.

Wegen dem, was Kurotobi zu mir gesagt hat, vermute ich ...

... dass er als gescheitertes Experiment abgestempelt wurde.

... den Versteinerungsprozess, obwohl Kurotobis Stibnit in mir steckt.

... verlangsamt Taubenblut ...

Aber ironischerweise ...

... Zinnober gilt zwar als Stein der Unsterblichkeit ...

Mein ...

Was denkst du?

Könnte zumindest der Versteinerungsprozess gestoppt werden?

... muss ich sie zuerst einmal analysieren.

Da ich eine Krankheit wie deine noch nie behandelt habe ...

... Erkrankungen zu analysieren und zu verstehen.

... aber er hat nur die Kraft ...

Ja, es wäre eine Behandlung, aber gleichzeitig auch die Hölle für dich.

Und dafür müsste ich dich aufschneiden.

... für Kais Heilung gewonnen werden.

Aber es könnten neue Erkenntnisse ...

Und wenn was schiefgeht, stirbst du womöglich.

Ich habe ...

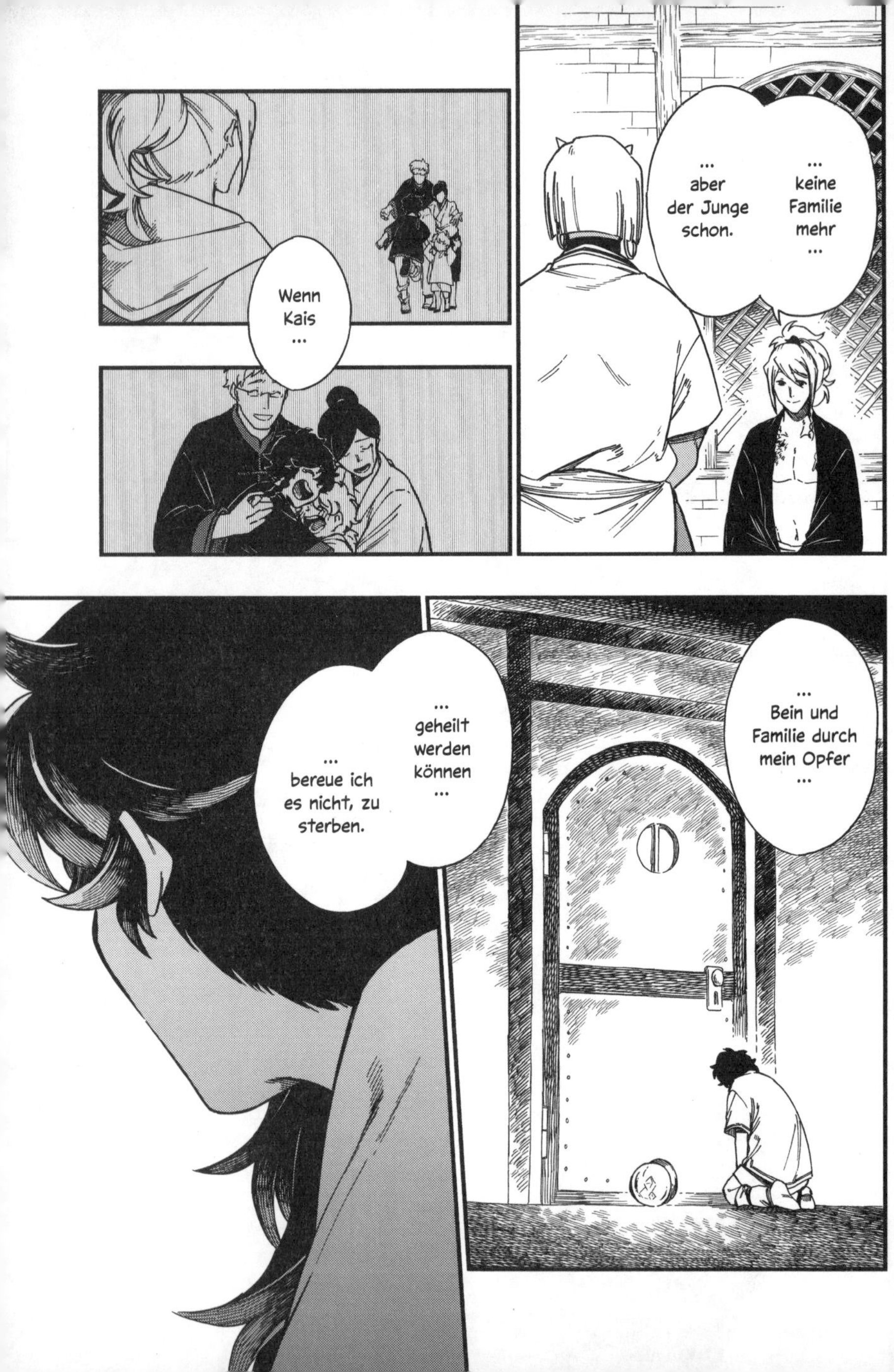

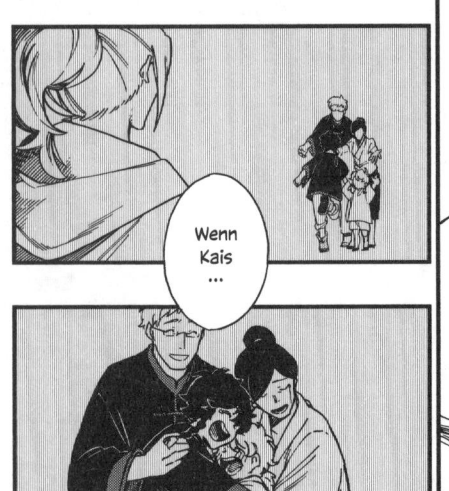
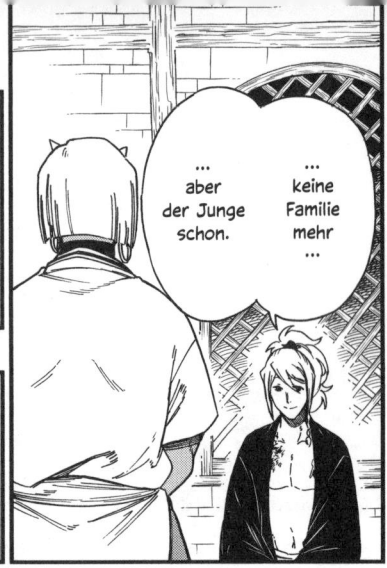

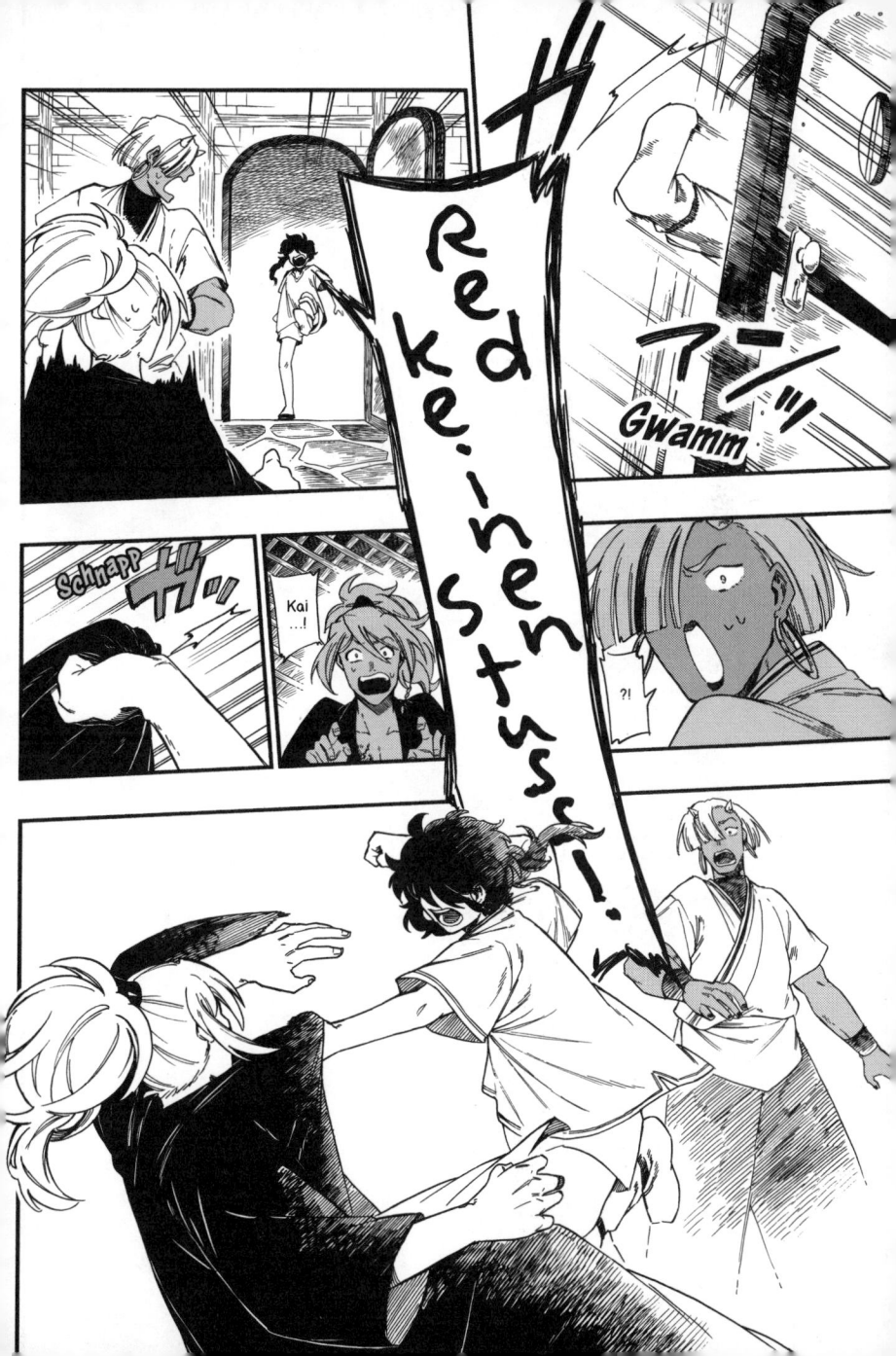

Kai ...?

K...

Gwamm

Weißt du ...

Äh ...?

... wenn ich diese Träume habe?

... wie es mir geht ...

Ich wollte dir keine Sorgen machen ...

Ach, tut mir leid ...

Wieso hast du mir nichts über deinen Körper erzählt?

Was soll das?

Hältst du mich deshalb an der langen Leine und tust so, als würdest du mich be-schützen?

Wegen meiner Krank-heit?

Weil ich ein Kind bin?

Was soll es denn dann?

Als ob ...

Was ...

... ich wollte dir irgendwann ebenbürtig zur Seite stehen!

Ich weiß, dass ich noch nicht stark genug bin!

Aber ...

... war ich so glücklich und erleichtert!

Als du zu mir sagtest »Es war schlimm, oder?« und »Du hattest sicher Angst« ...

Ich bin doch dein Meister!

Wie hätte ich dir das erzählen sollen?!

... hast du mir nichts erzählt!

Aber über dich ...

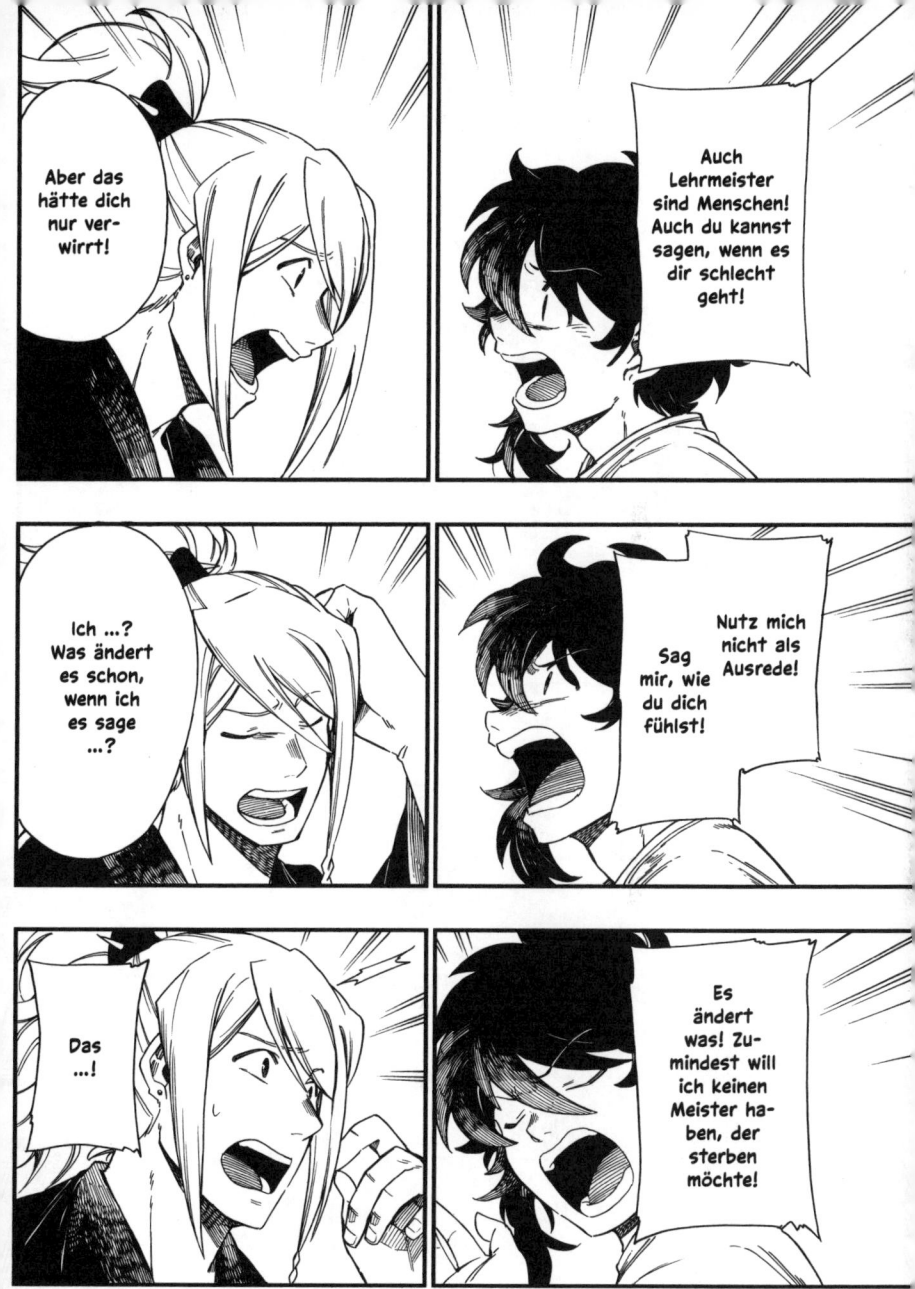

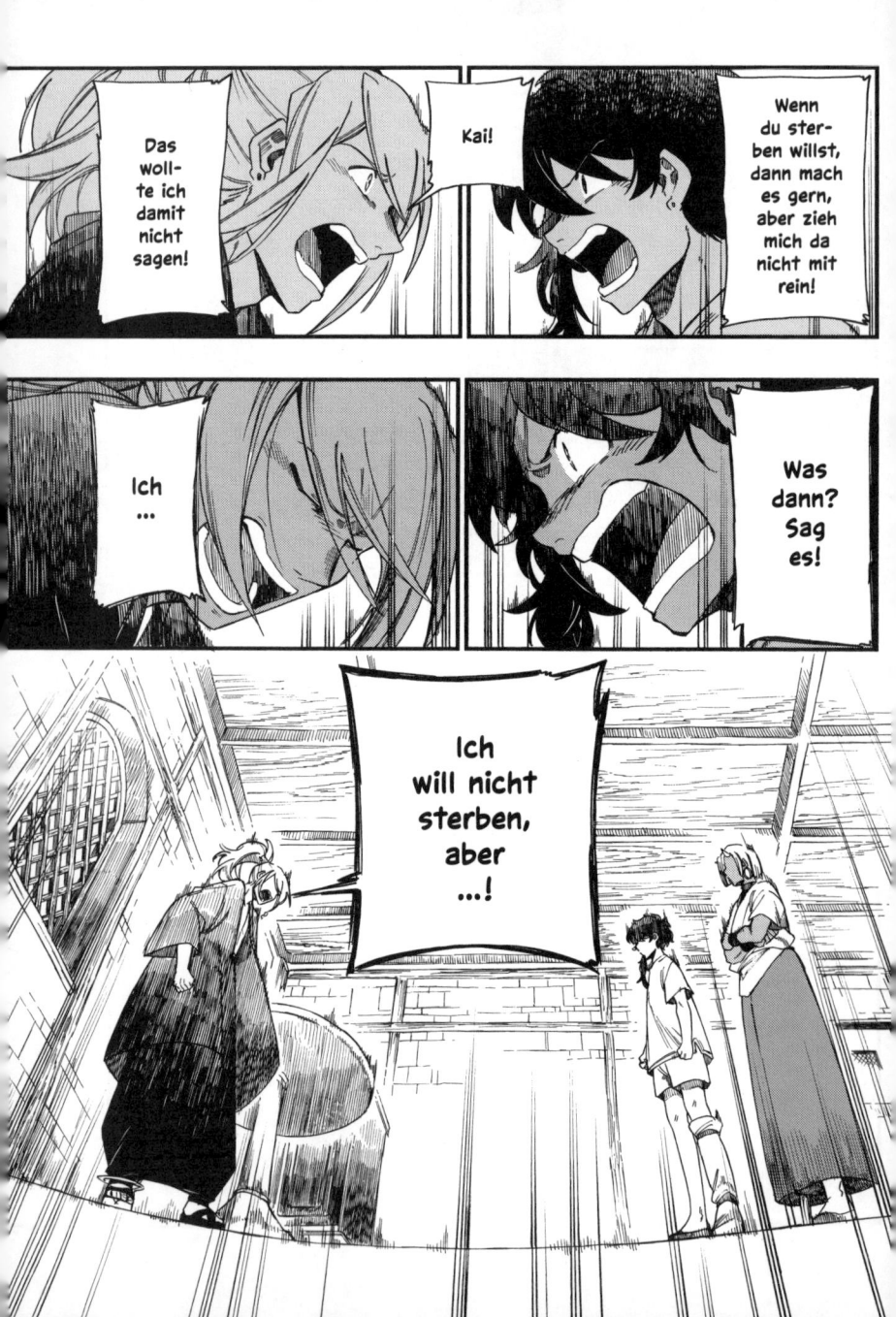

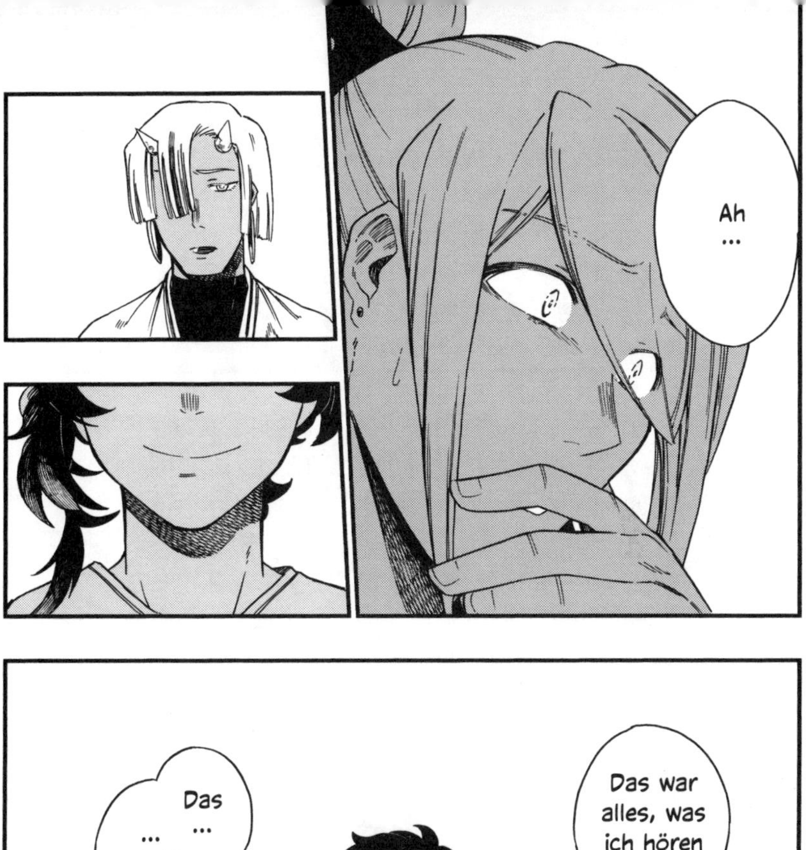

Ah
...

Das
...
...
reicht
mir.

Das war
alles, was
ich hören
wollte.

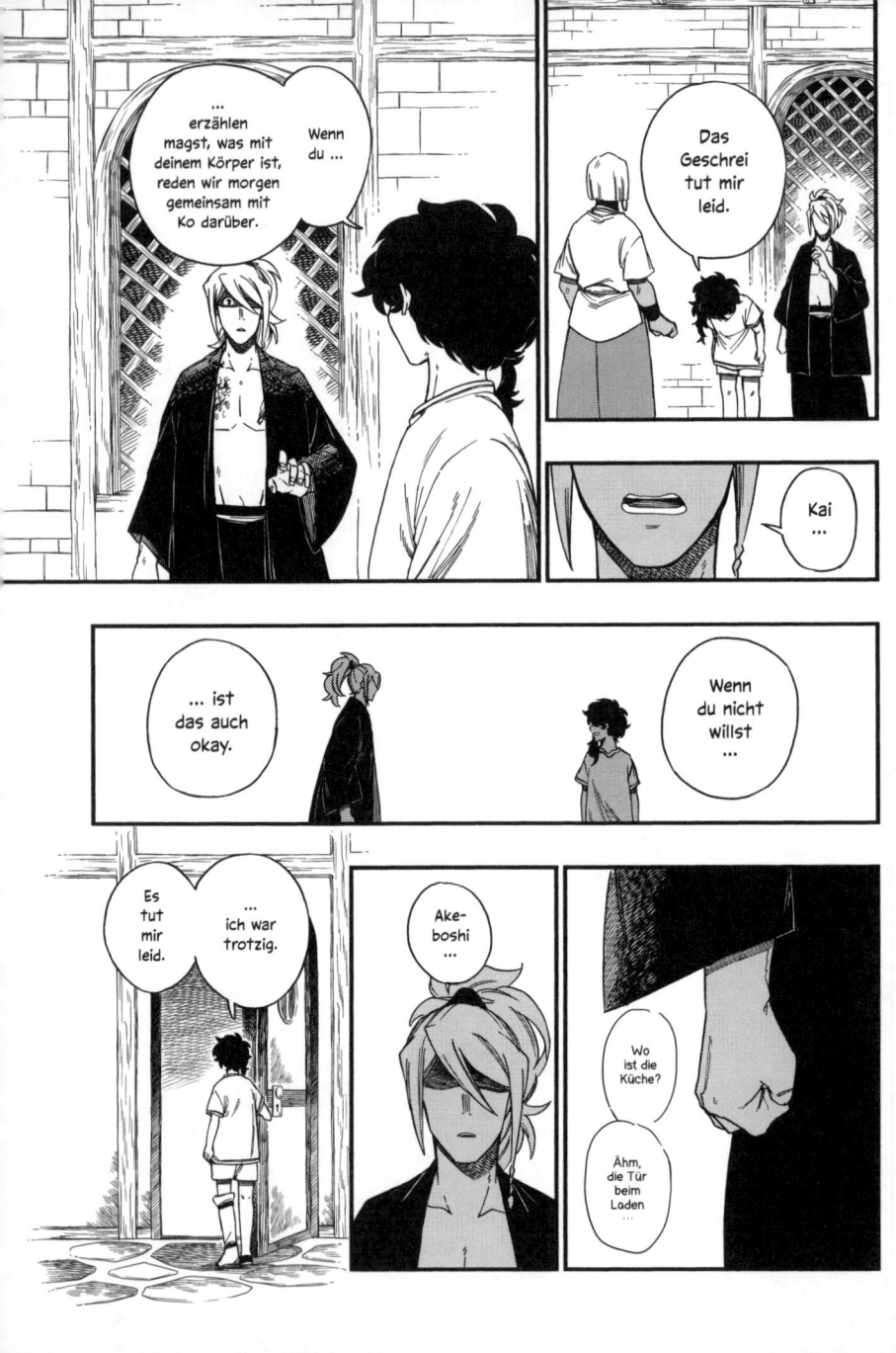

Mist
...

Ah
...

...

Batamm
バタン

Dompf

Gott,
bin ich
erbärmlich
...

Ein wirk-
lich guter
Junge.

Dabei
soll ich ihm
doch etwas
beibringen.

Aber ich habe ...

... das Gefühl, dass er mir viel mehr beibringt.

Er ist weniger wie mein Lehrling ...

... sondern mehr wie ein Partner.

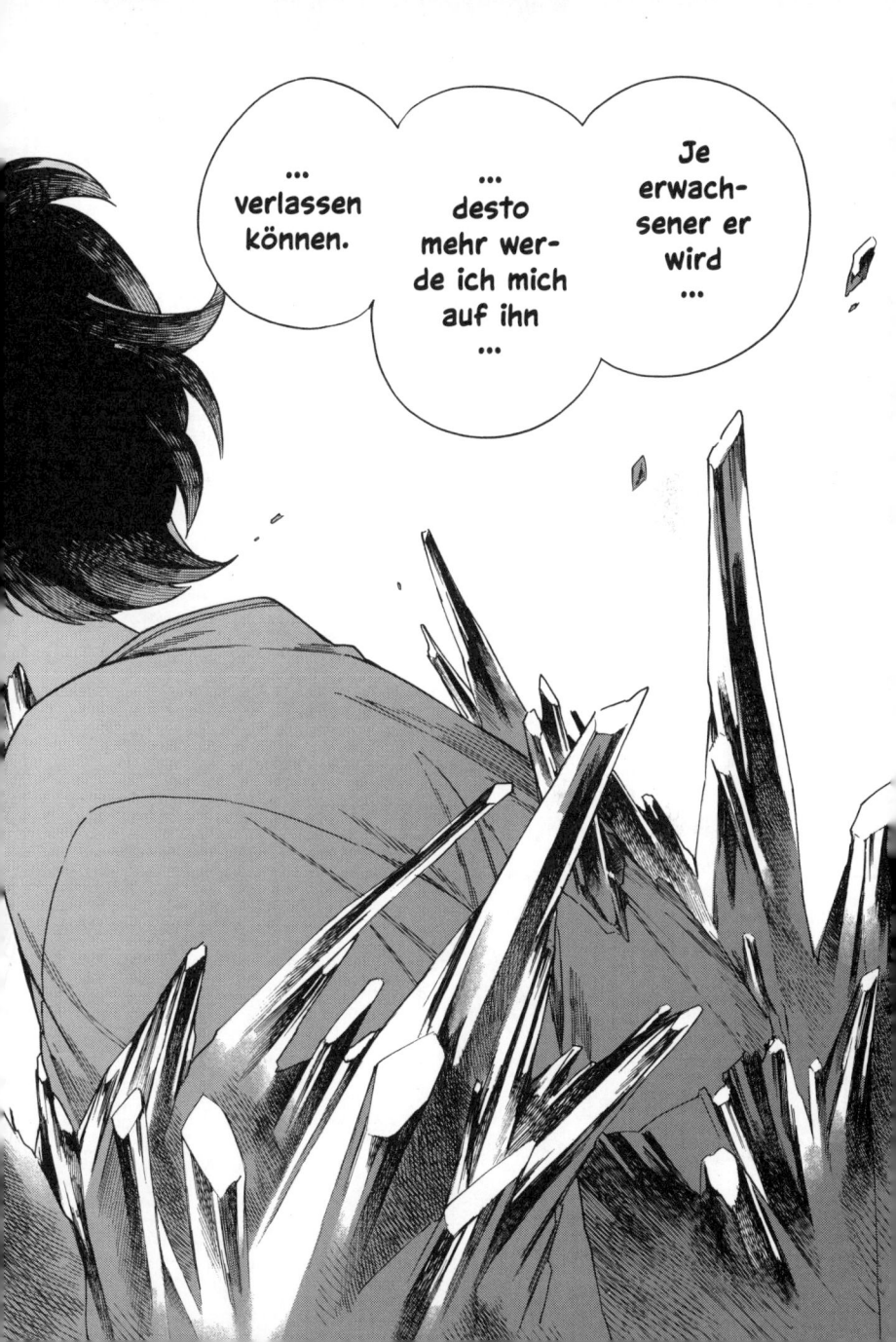

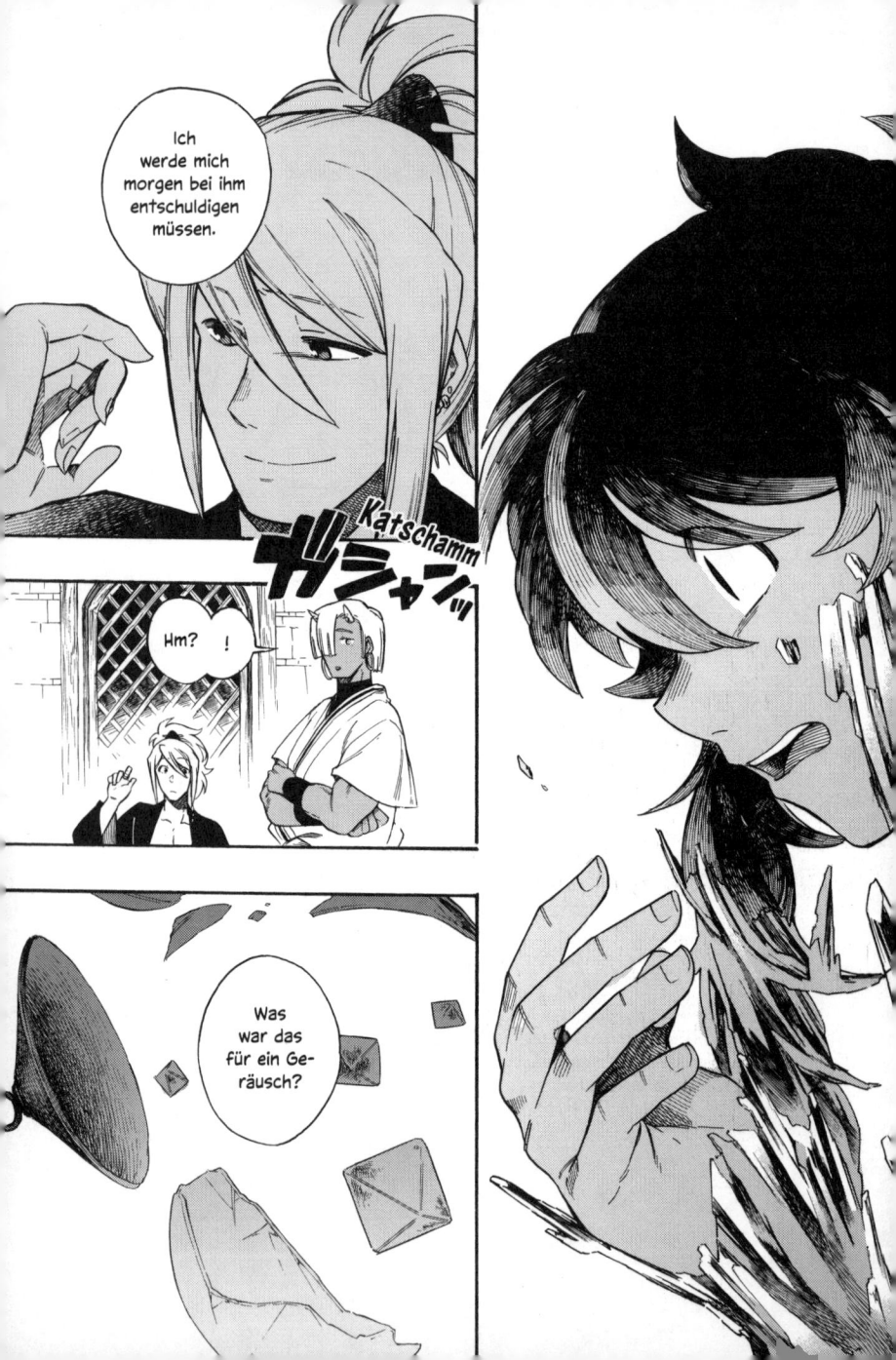

2. und 3. Stock

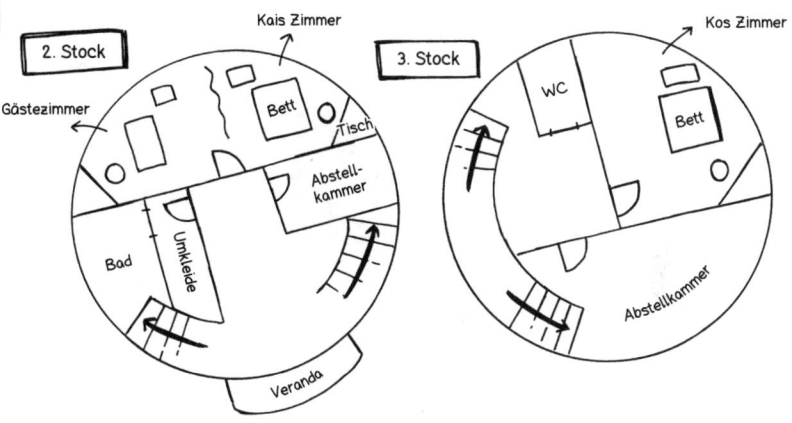

2. Stock

Gästezimmer · Kais Zimmer · Bett · Tisch · Abstellkammer · Bad · Umkleide · Veranda

3. Stock

Kos Zimmer · WC · Bett · Abstellkammer

Kais Zimmer
Es ist zwar groß, aber da laut Kai nachts überall was lauern könnte, hat er es mit einer Trennwand kleiner gemacht. Am Nachtkästchen liegt der Ulexit, mit dem Kai seine Familie beobachten kann. Von zu Hause hat er ein wenig Kleidung und etwas Geld mitgenommen.

Kos Zimmer
Ko hat relativ wenig Besitztümer und auf der Reise auch noch nicht wirklich etwas gekauft. Mitgebracht hat sie nur ihre Kleider, Lieblingsbücher und Räucherstäbchen, die sie von Sakon bekommen hat. Sie teilt sich das Zimmer mit Huang-Fu.

Kapitel 12: Spaltung

Das Geschrei tut mir leid.

Das reicht mir.

Das war alles, was ich hören wollte.

Klack

... oder so tun, als hätte ich nichts gehört?

Soll ich was sagen ...

Oooh, hast du Weiniweini gemacht?

Ah Mist ...!

Du armer kleiner Bub.

Und was ist mit meiner Stimme?

Wer ...?!

Hchp

パァ 7 ...

?!

POFF ⅂7...

Pst!

Was
...?!

Ngh
...!

Dieses
Gefühl
...

Krack

Patsching

Tomm

Aber
du bist
sein Fa-
vorit.

Kurotobi
hat viele
Samen ge-
pflanzt.

Bist
ein guter
Junge.

Du
hast ihn
brav ge-
schluckt.

Bwatz
Hat er damals ...?!
Gah
Sie arbeitet für Kurotobi ...?
Mist ...!
Ich kann mich nicht ...!
Krack
!
Krick
Klirr
Krack
Bitte, so hilf mir wer ...!
Knack

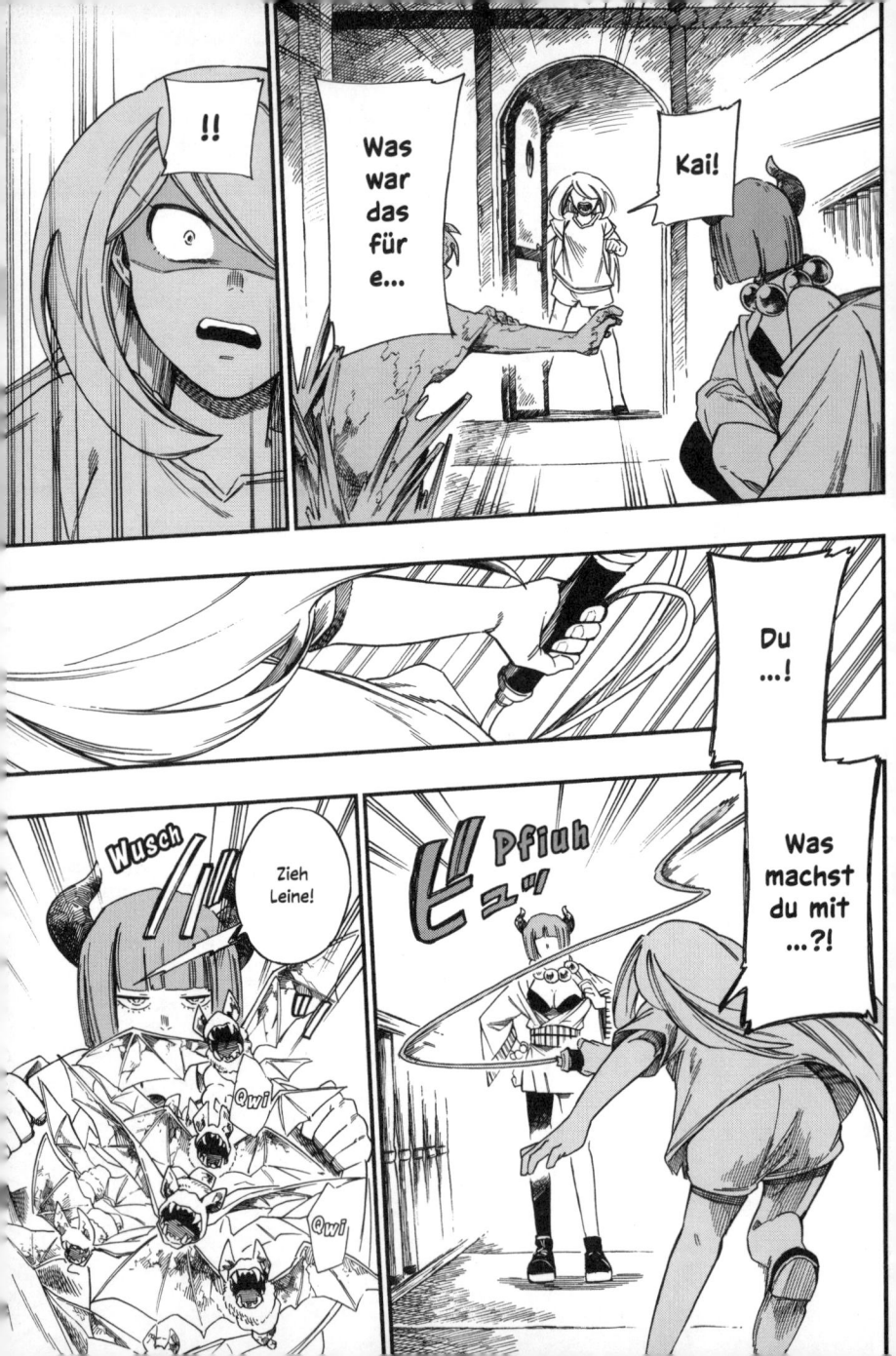

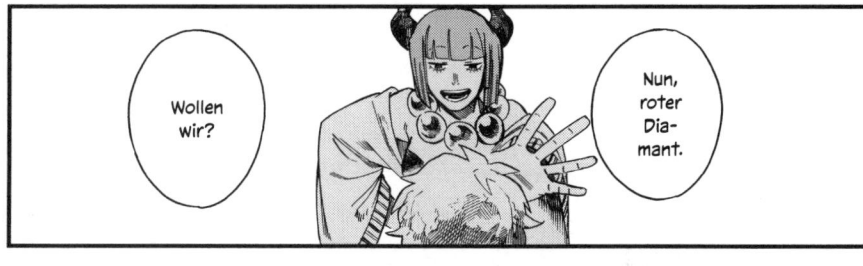

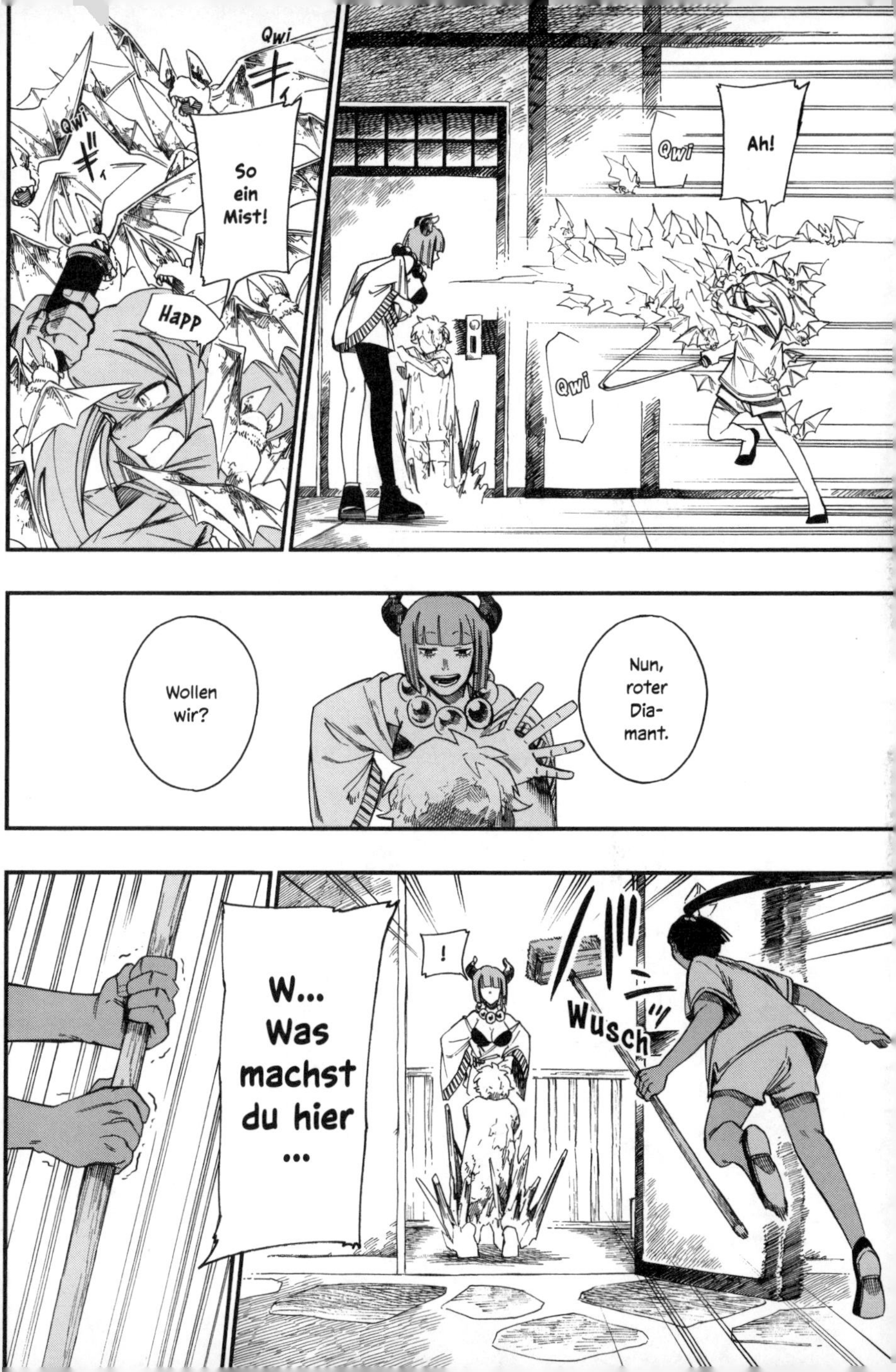

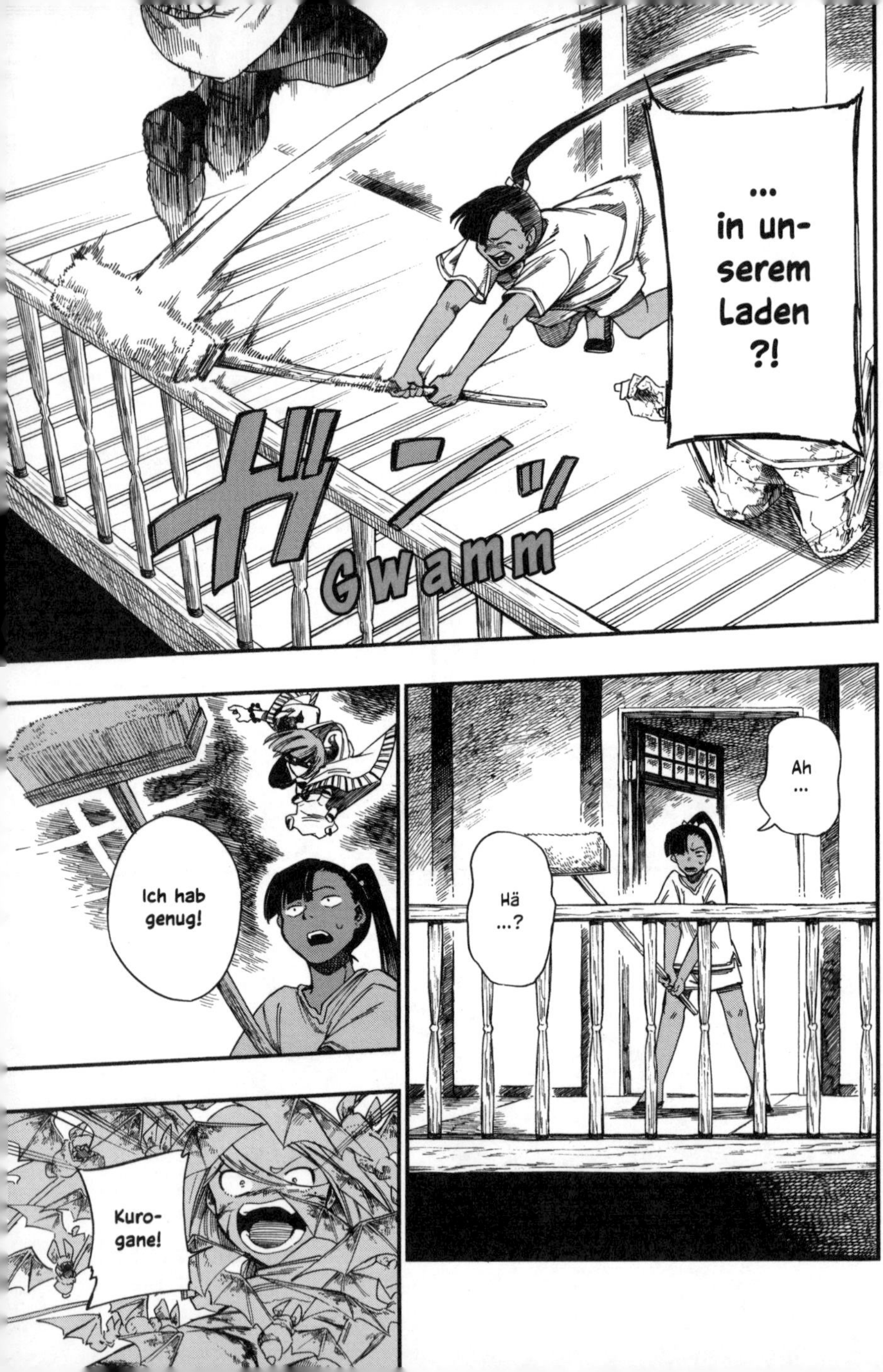

... in unserem Laden ?!

Gwamm

Ich hab genug!

Hä ...?

Ah ...

Kuro-gane!

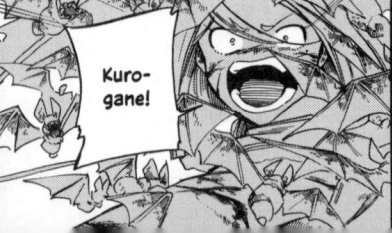

Gwomm

... kleine Ratte!

Du ...

Gwatsch

A... Ah ...

Tsching

Ein Kind ...

... sollte okay sein, oder?

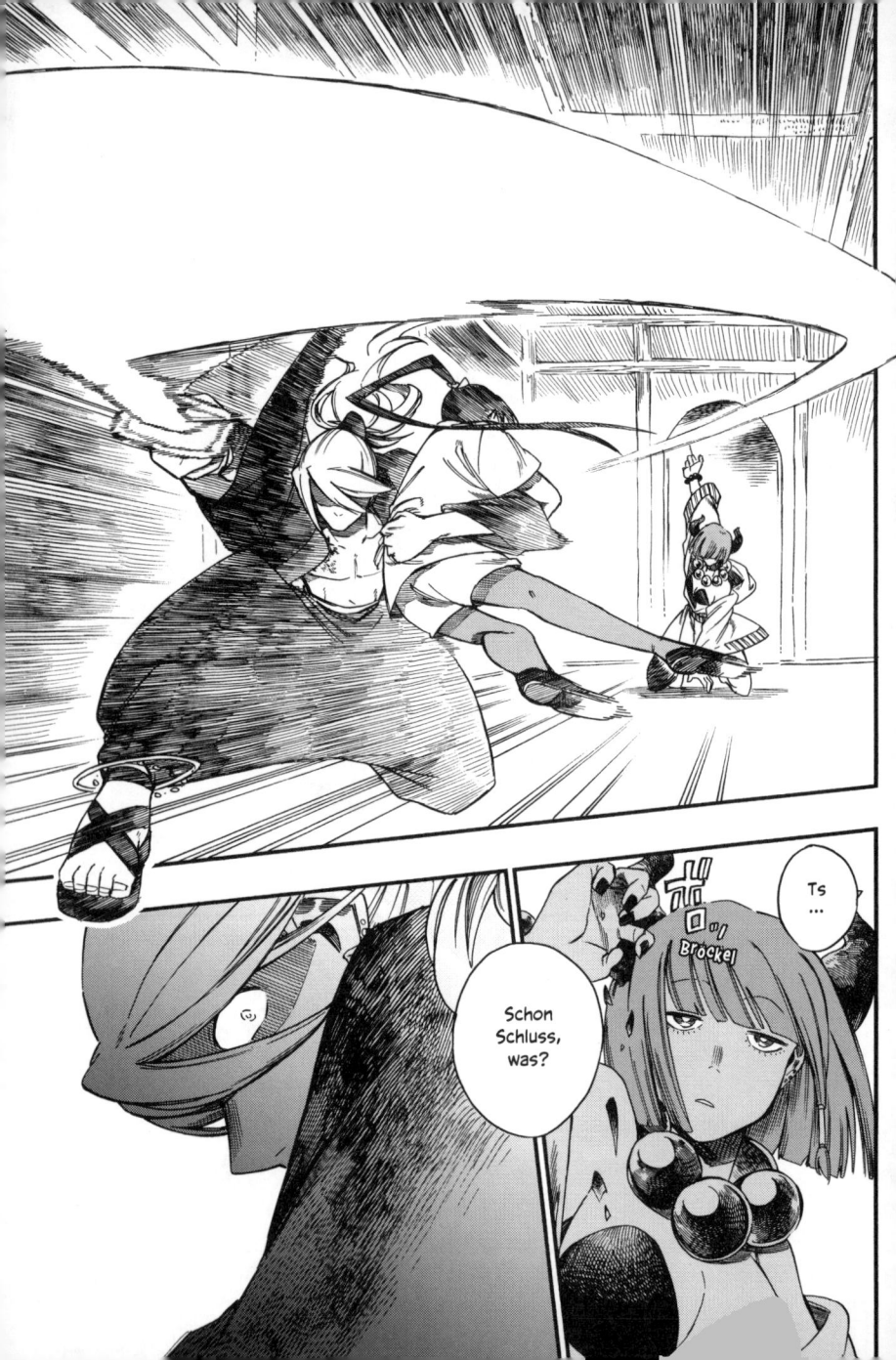

Ich muss wohl ohne Beute abziehen.

Na ja, egal.

Tapp

Stehen geblieben!

Wie hast du die Barriere ...?!

Katschang

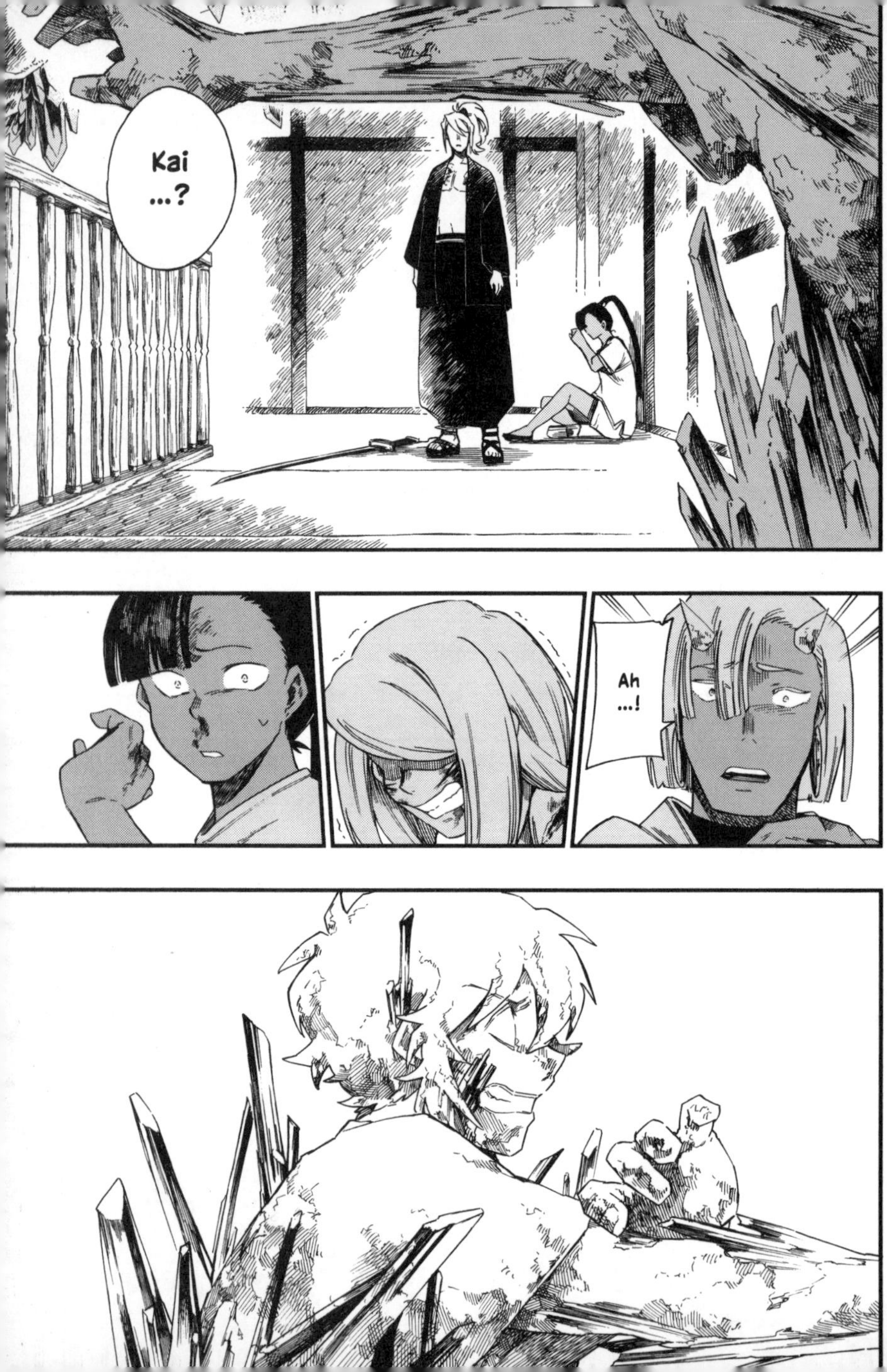

Kai
...?

Ah
...!

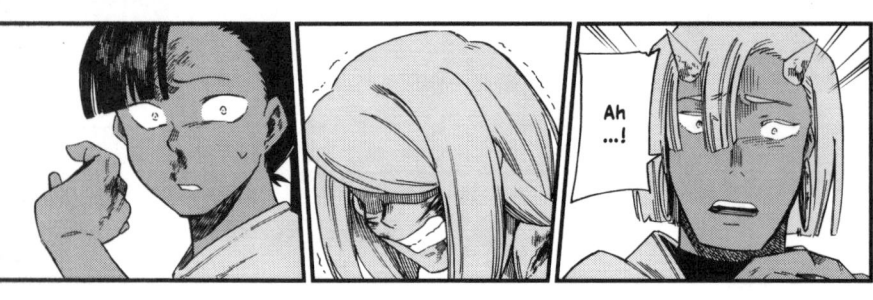

Ja ...!

J...

Zuck

Ko!

Es ist ein Notfall.

Kontaktiere den Bergbaubund.

Loder

ゆら゜っ…

... wohl nicht entkommen.

So einfach werde ich ...

Groah

Pfiuh

Blitz

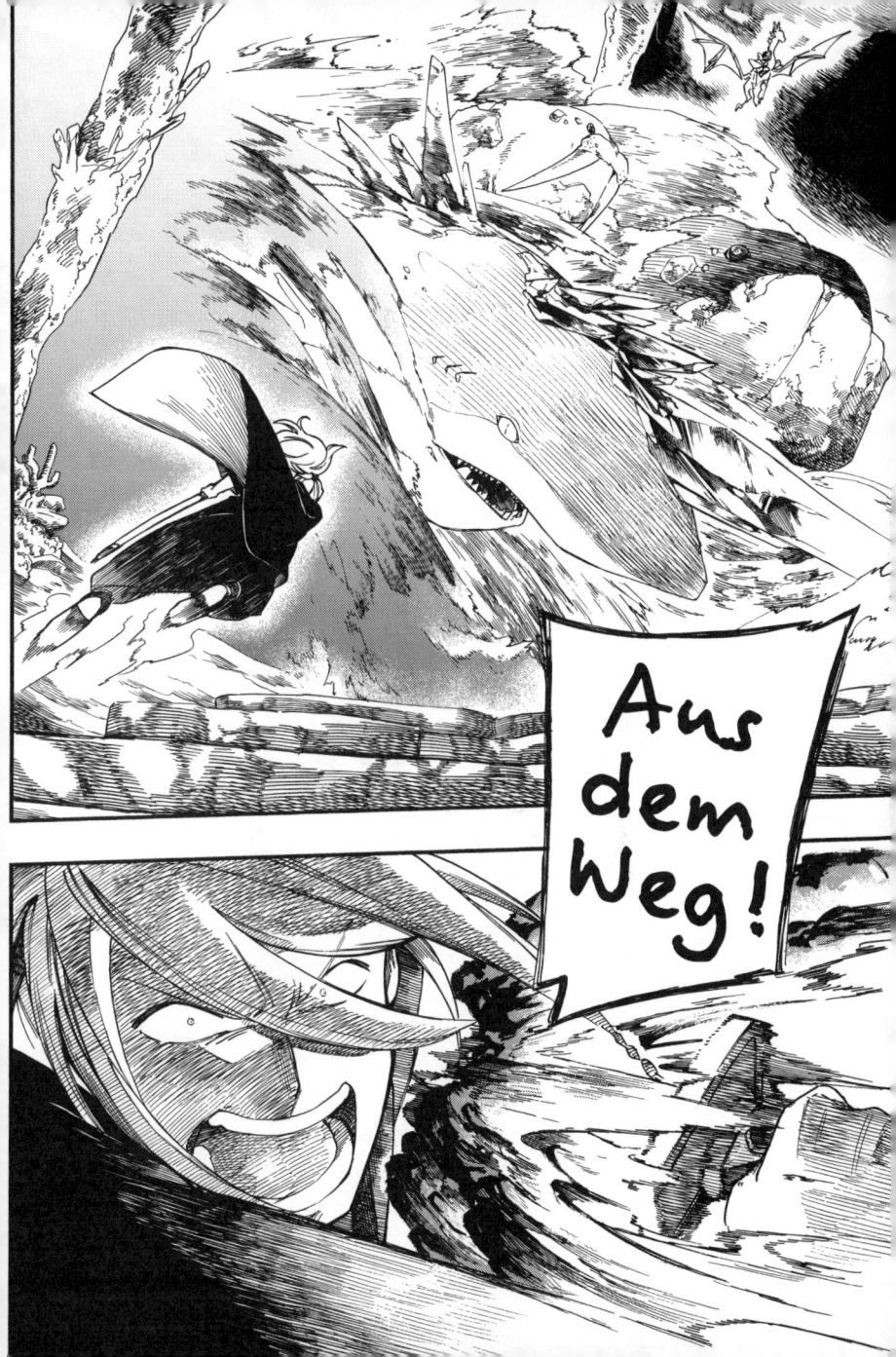

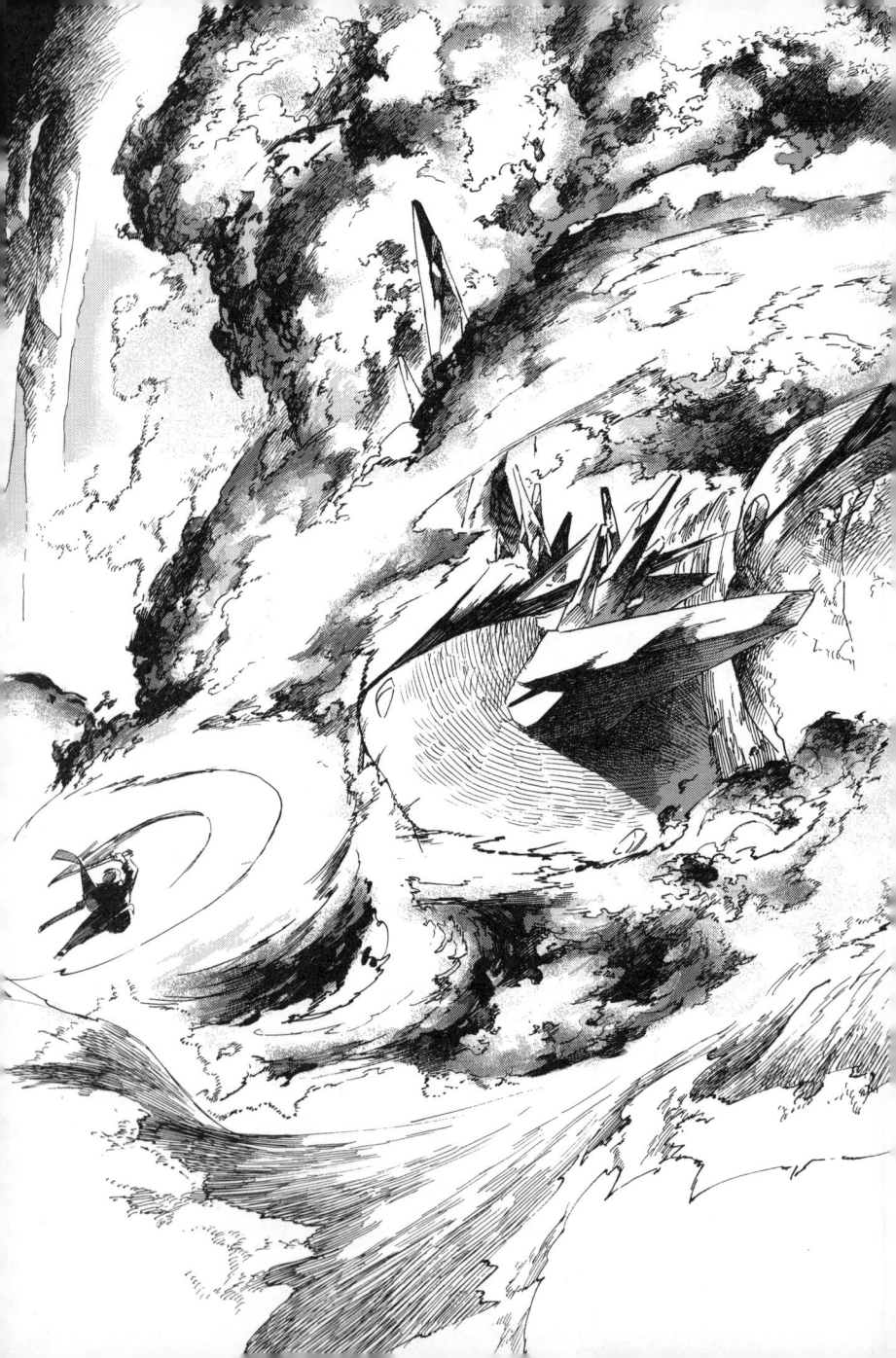

Das ist also Taubenblut.

Oh ... Sieh an, wie viel Meerwasser er verdampfen lässt.

Hach ja ...

Ich hätte mich über Kurotobi nicht lustig machen sollen.

Aber ich hab den roten Diamanten nicht bekommen.

Flapp

Das Wichtigste habe ich zum Glück erledigt.

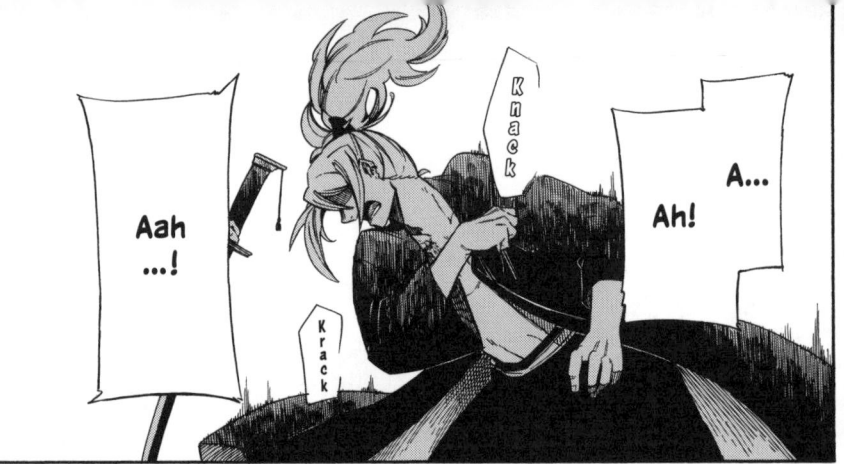

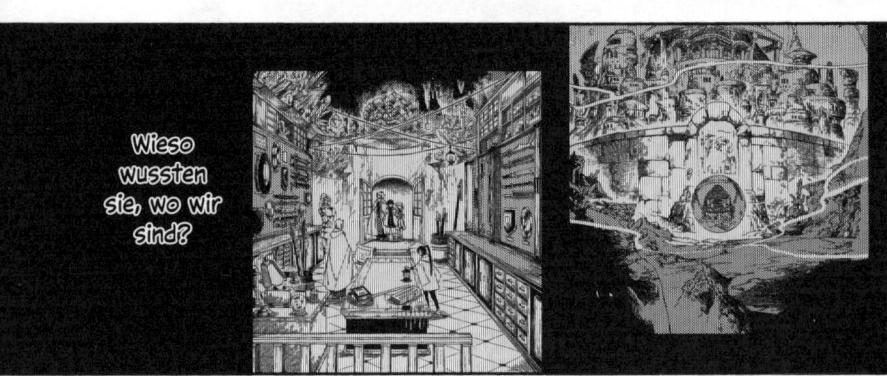

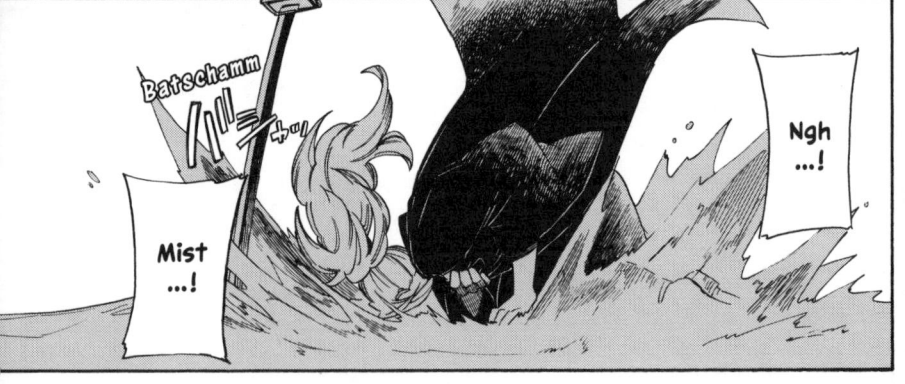

Wie haben sie unsere ...

... Barriere durchbrochen?

Hat das Ding in mir sie angelockt?

Gwomm

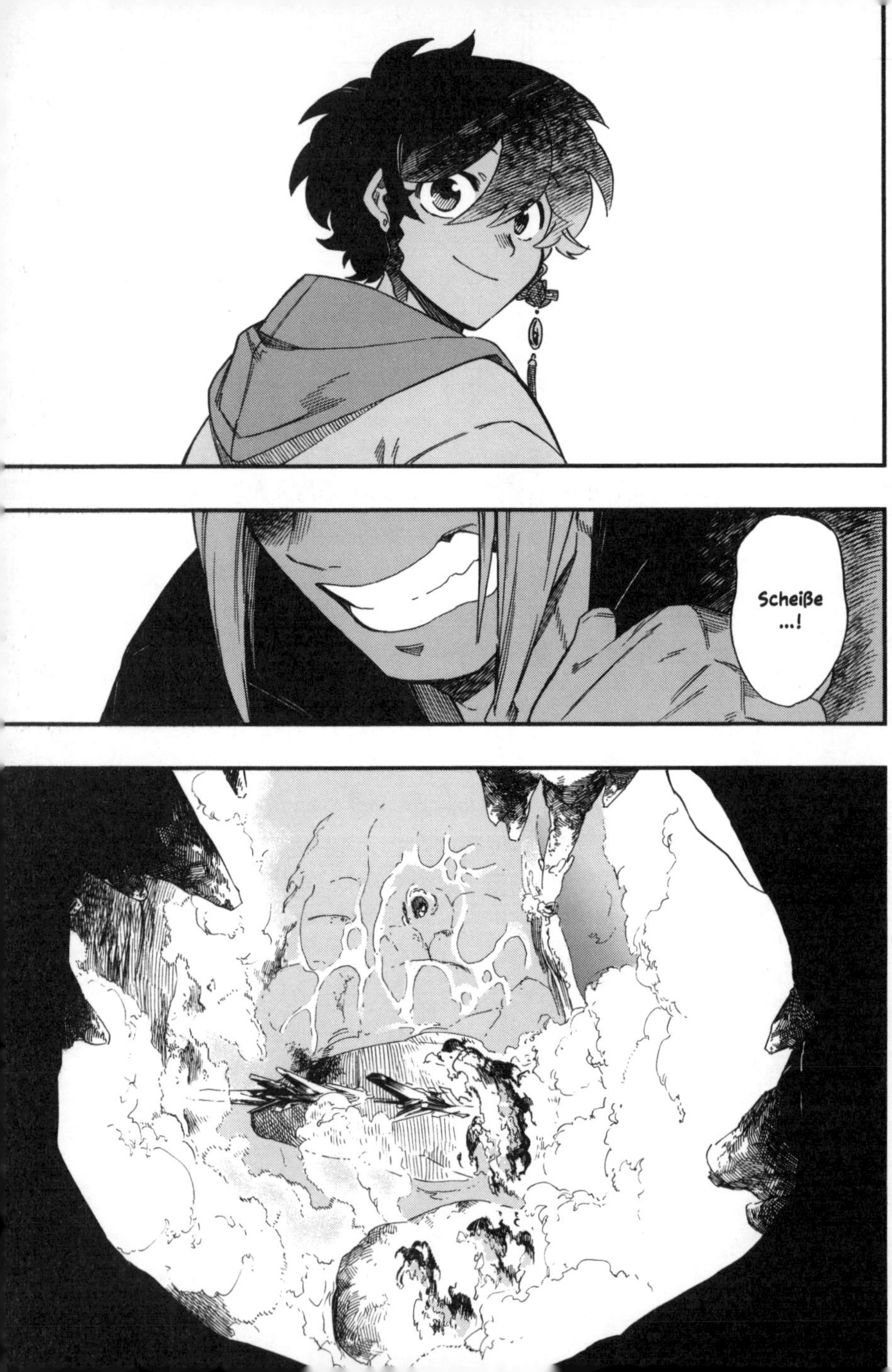

Scheiße
...!

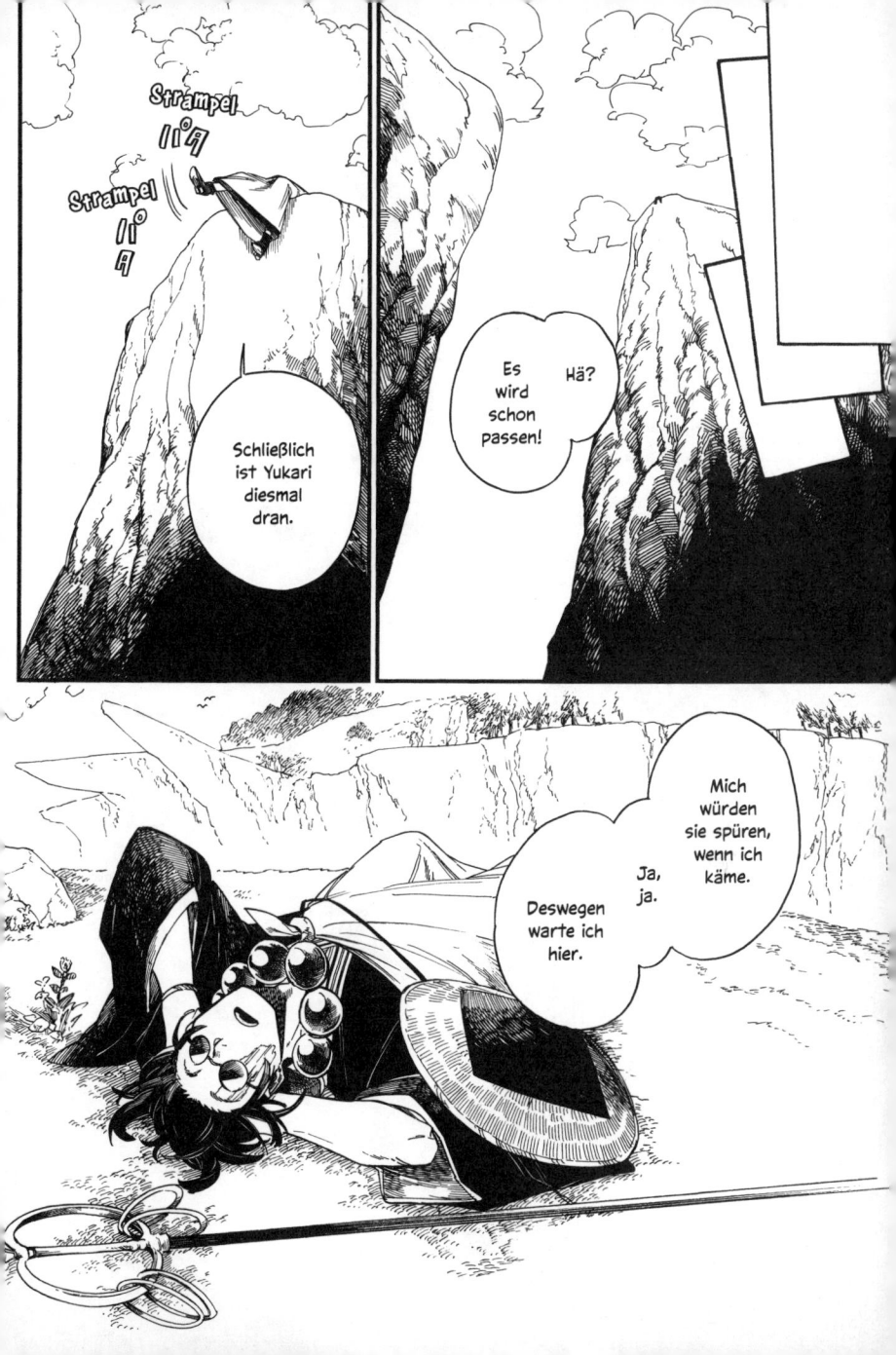

Will-
kommen
zurück,
Yukari!

Bwoh

ぶ

Oh!

あっ

···
Hm
···?

···
hin?

···
Dia-
mant

ドしし
Baschumm

···
unser

···
denn

Wo
···

···
kleiner
···

···
ist
···

Hüpf
ぴょん

Hüpf
ぴょん

Gwatt

Och?

Ja?
Hallo,
hallo?

Ich wuss-
te, dass
du blöd
lachen
wirst!

Was
packst
du mir ins
Gesicht,
ha ha
ha!

Gritt

Doch
das ist
genug.

...
aber
konnte
ihn nicht
mitneh-
men.

...
durch
die Bar-
riere ge-
schafft
und den
Jungen
verstei-
nert ...

Also,
sie hat
es wohl
...

... für
Taubenblut
einer tödlichen
Verletzung
gleich.

Das
kommt
...

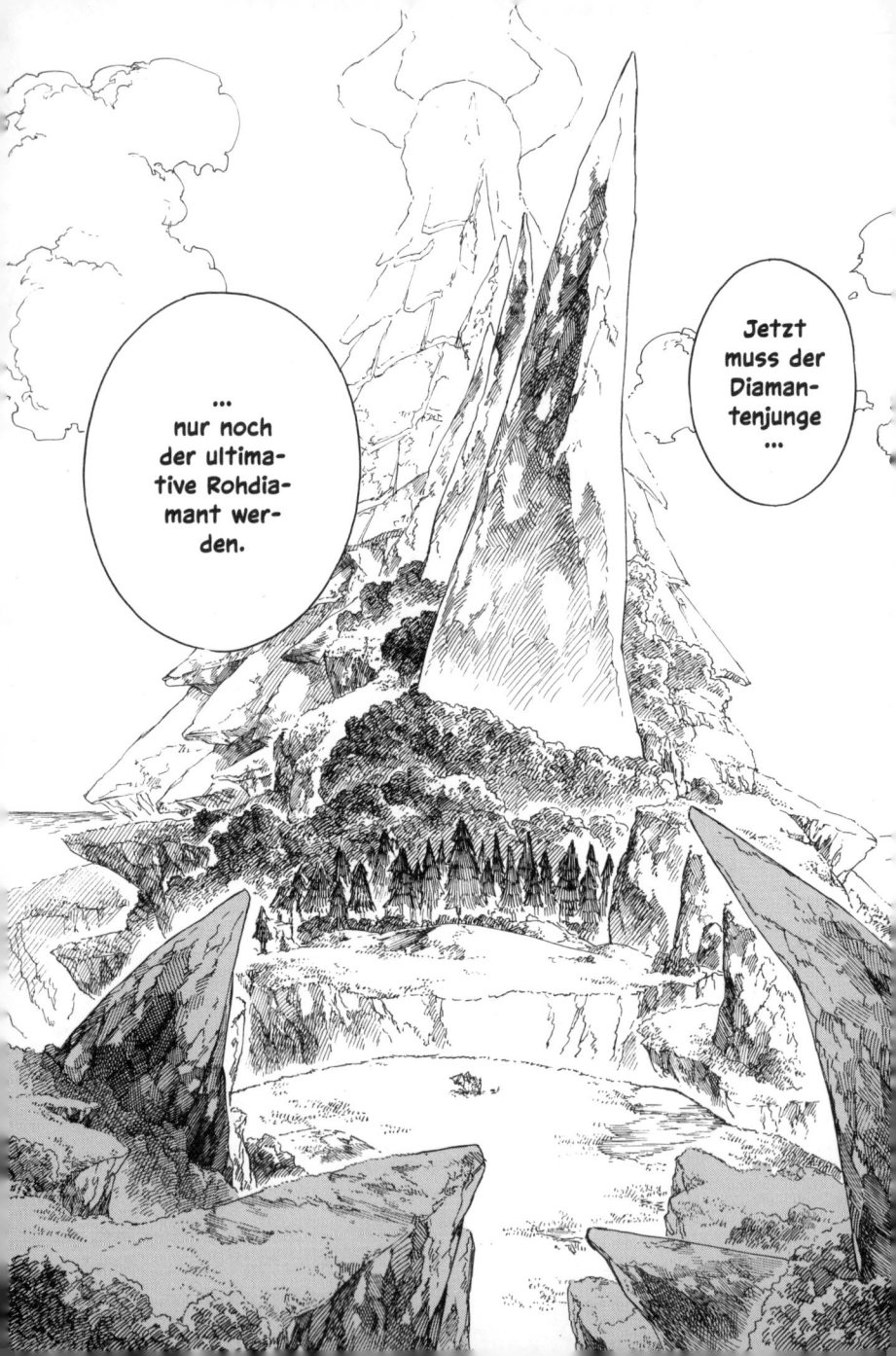

4. Stock

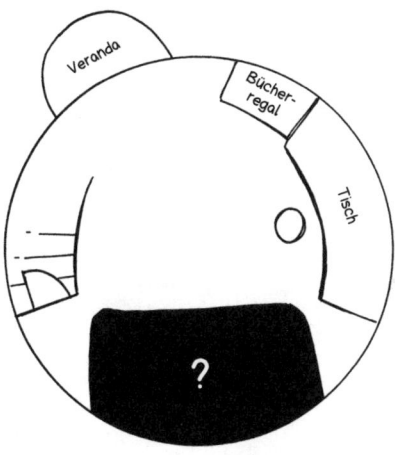

Akeboshis Zimmer

Es ist dreckig. Überall liegen Bücher
und Erze herum. Akeboshi mag es aber so und lässt
Kai deshalb hier nicht aufräumen. Niemand weiß,
was sich hinter dem Bettvorhang versteckt.

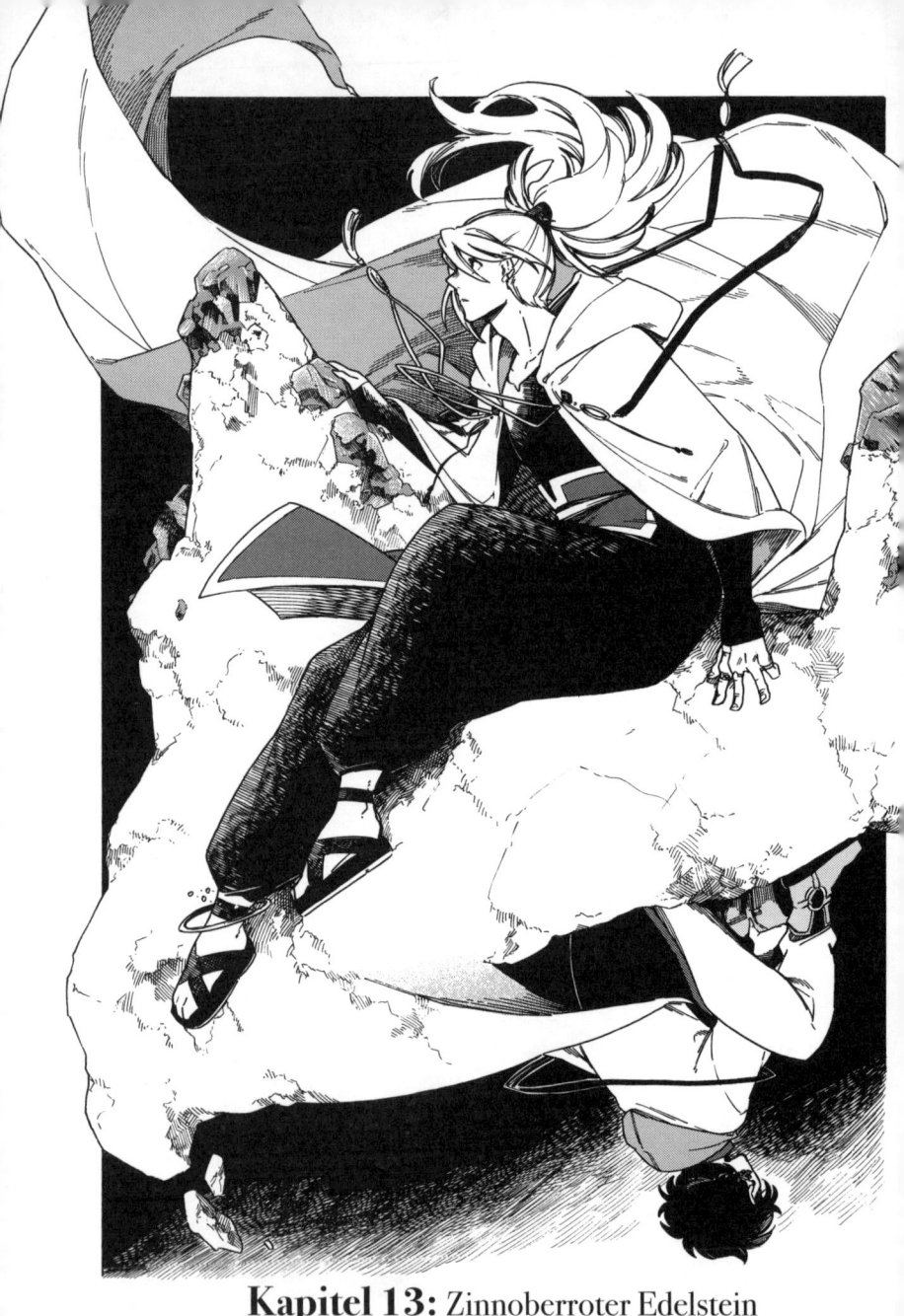

Kapitel 13: Zinnoberroter Edelstein

Sie kümmern sich um Kai.

Ihnen geht es gut.

Was ist mit Ko und Benito?

Sie ist mir leider entkommen.

Herr Akeboshi ...!

Kurogane!

Sst

Also ...

Ähm ...

Kuro- gane ...

... Lage gebracht habe.

Verzeih, dass ich dich in so eine gefährliche ...

... hast.

... dass du für Kai ge- kämpft ...

Und danke ...

Äh ...

HH Sst HH"

Könntest du kurz zur Seite tre- ten?

Hä ...?

Ngh ...

H!!

Damm

Ich will was unter- suchen.

Wusch

Wusch

Bwomm

Sie
wurde
nicht
durch-
brochen
...

... sondern
behutsam
geöffnet.

Eine
Barriere
...!

Was
bedeuten
würde
...

Benito ging
zurück zum
Laden, bevor
wir die Barriere
erschufen. Er
kann es nicht
gewesen sein.

Um sie
zu öffnen,
muss man die
Kombination
kennen.

Die Erzbarriere
wurde aus einer
Kombination von
fünftausend ver-
schiedenen Erzen
erschaffen.

Ja, danke der Nach- frage.

Sind sie in Ordnung?

Mist, ich mag nicht mal dran den- ken ...!

...

Gehen wir rein.

Danke, dass du gewartet hast.

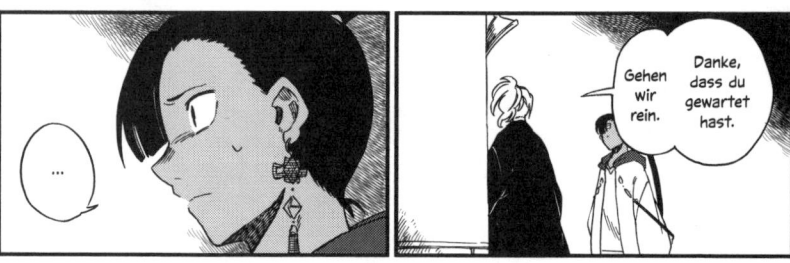

Herr Ake- boshi!

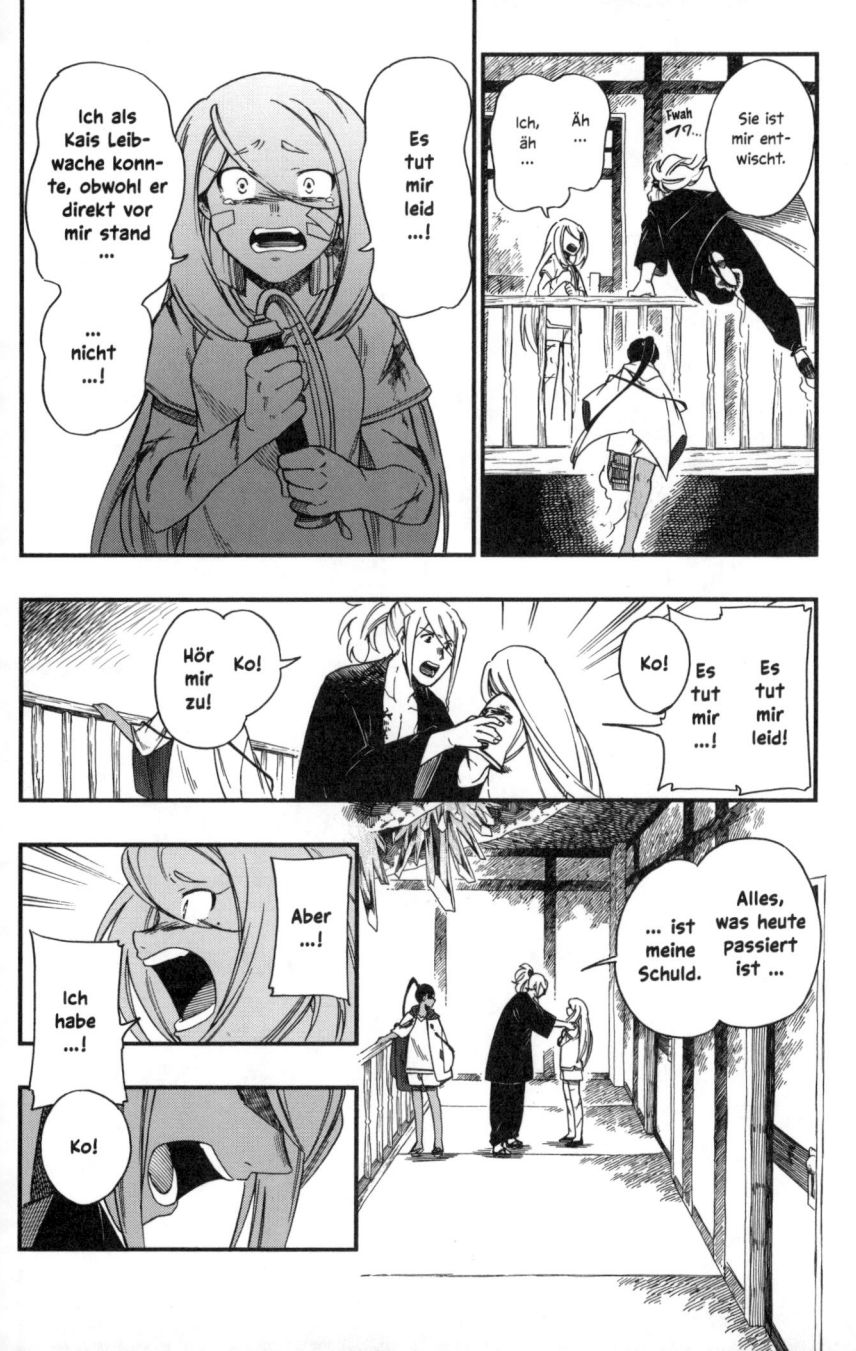

... tun musst, nicht?

Du weißt, was du jetzt ...

Wir reden nicht weiter über Schuld.

Reib

...!

Klar, kein Problem.

Könnten Sie die Bewachung von Kai übernehmen?

Um der Verstärkungseinheit beizutreten, würde ich mich gerne ausrüsten.

Ich habe Bericht an Kommandantin Sakon erstattet!

Bitsch

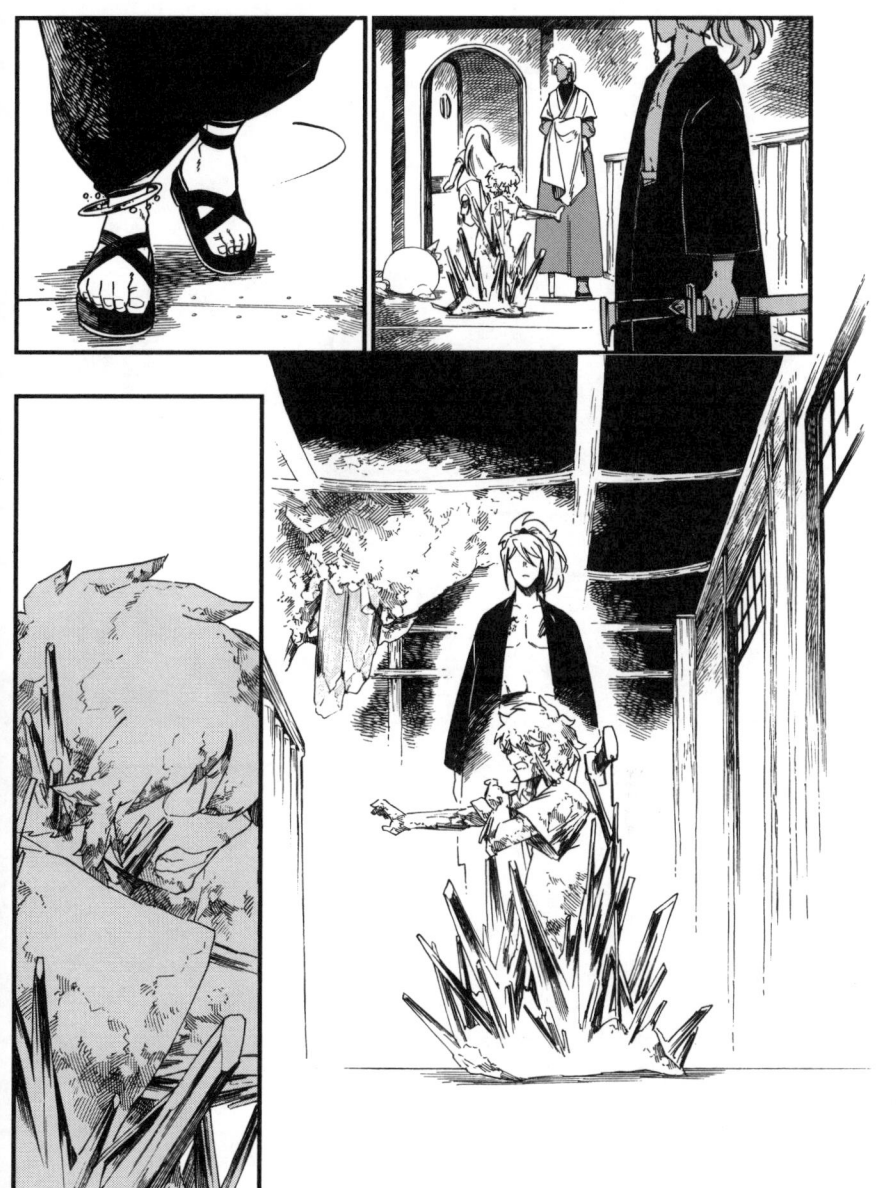

W...
Wie ...?

!

Ich hätte ihn retten können!

Wieso ist jetzt alles deine Schuld?

Wie kannst du so gelassen sein?

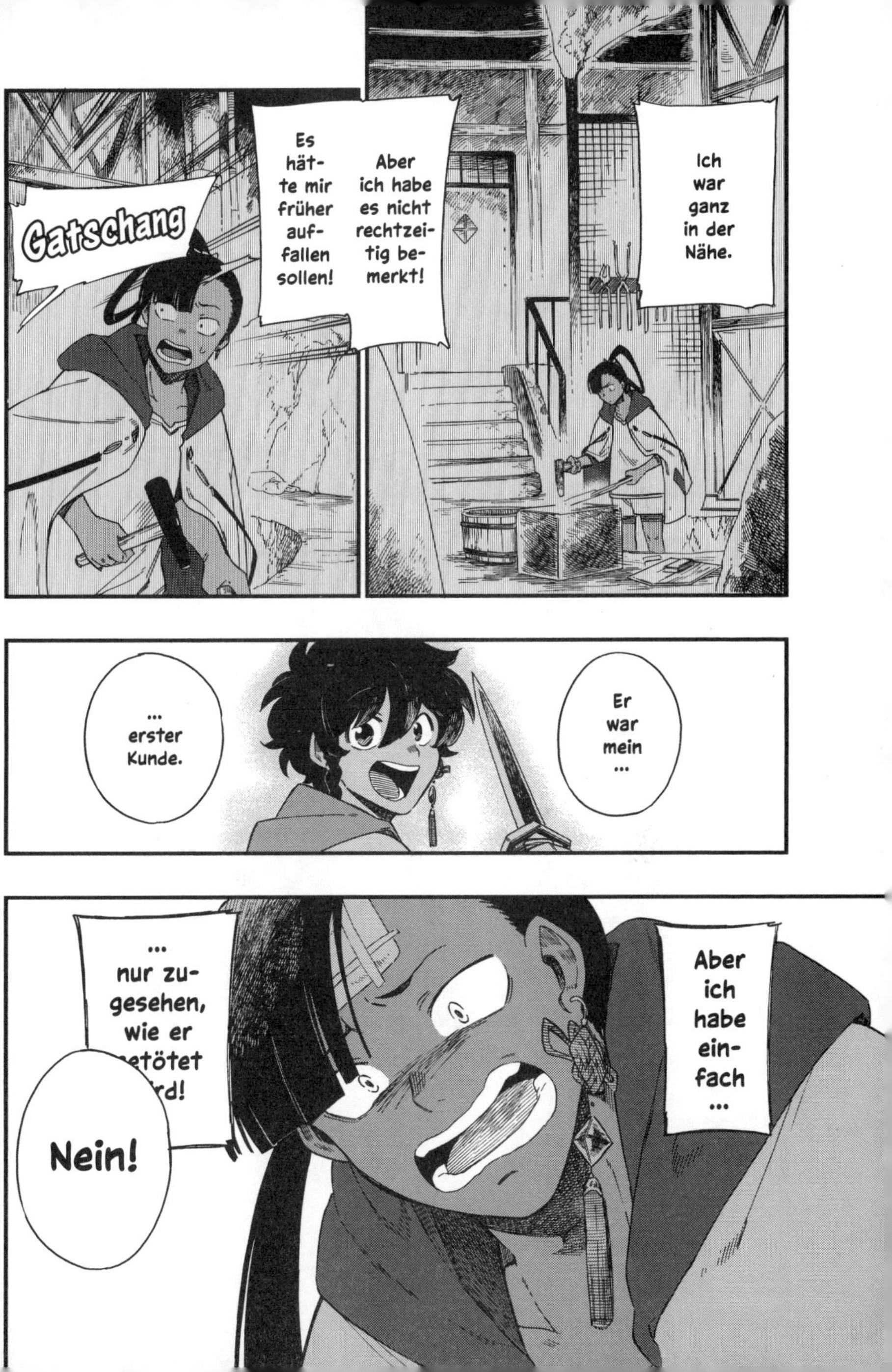

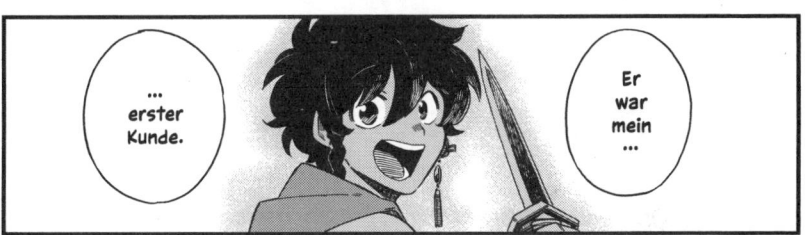
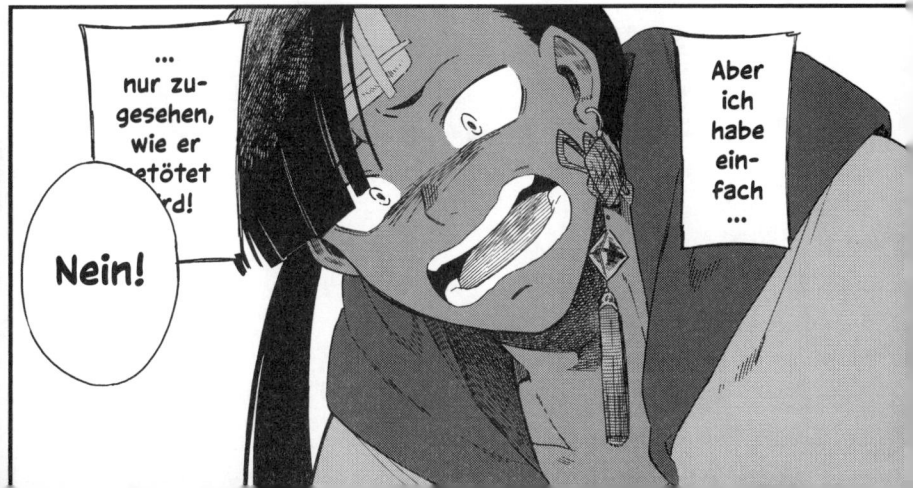

... lebt noch.

Kai ...

... tun, was wir tun können.

Wir müssen jetzt ...

... ähnliche Gefühle ...

... Reue oder ...

Ge-wis-sens-bisse ...

... wird warten müssen.

All das ...

...

Ich habe der Stimme von Kais Stein zugehört ...

Ake-boshi.

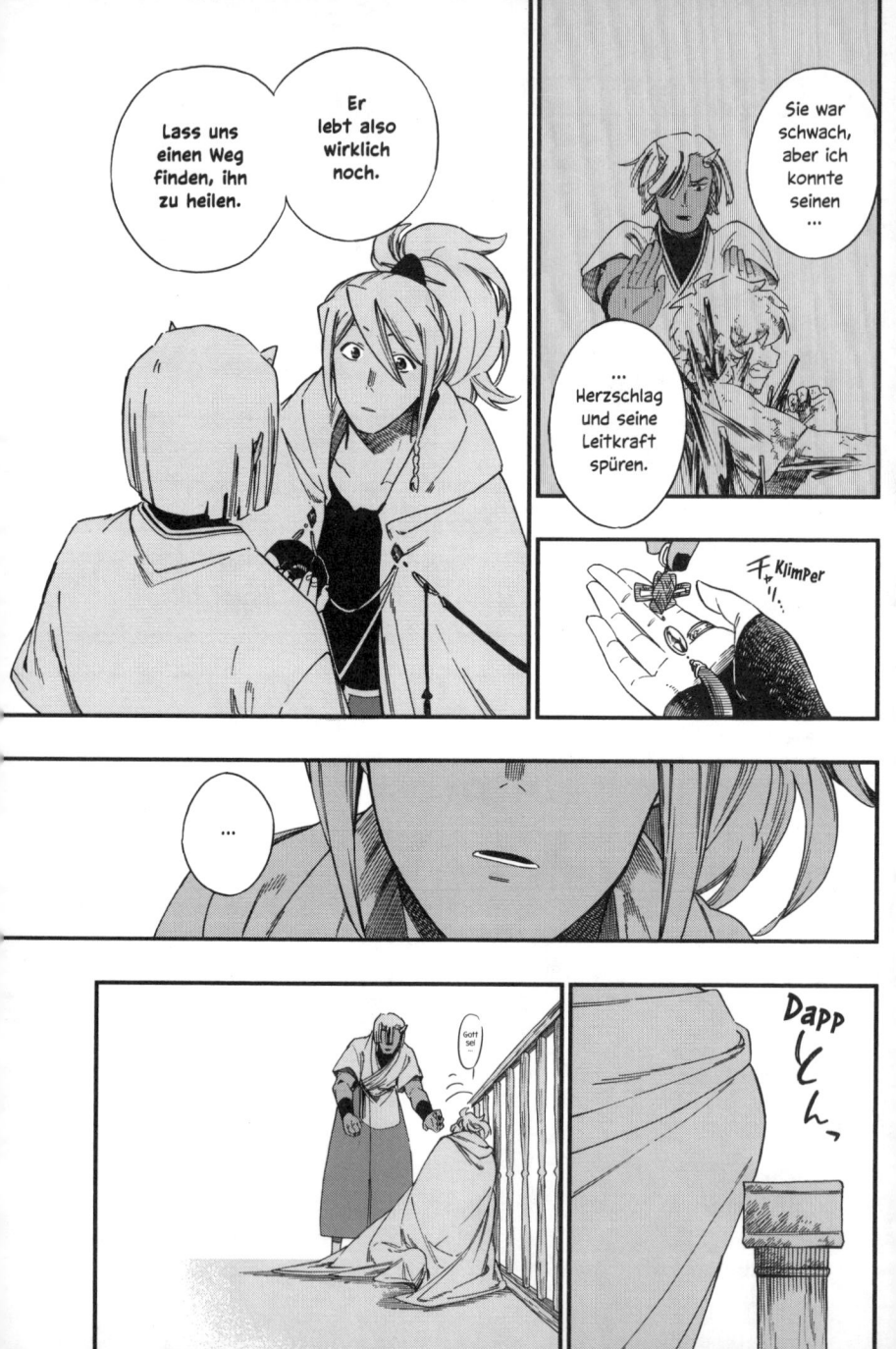

Äh ...

Hä ...?

... aber könntest du mir einen Stein geben, der Kai ähnelt?

Tut mir leid ...

...

Bevor ich Kai dem Bund übergebe, will ich einen Sender aus Rubin an ihm festmachen.

Was hast du vor?

Kurogane!

Ja!

Klick

Ich hab das Gleiche gedacht und mit Mumyo gefeilscht ...

Sag mal, willst du ihn wirklich dem Bund überge-ben?

!

Auch für Ko wünsche ich mir, dass die Sache nicht noch weiter außer Kontrolle gerät.

Tock コ...

... aber sieh, was passiert ist.

Sst ㇀"...

Wusch

Wusch

Zurzeit ist er beim Bund am sichersten.

Wusch フ...

フフ...

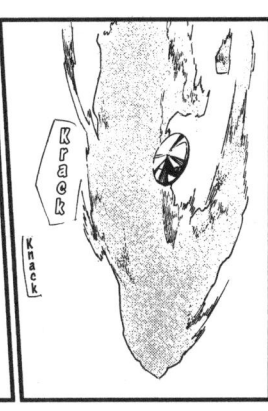

So er-
kenne ich
Kais Position
auch, wenn
der Stein in
der Mitte
entfernt
wird.

Verstehe,
mittels eines
Steinohrrings
mit Rubin-
stücken
...

Tut
mir leid,
dass es
gedauert
hat.

Gut
...

Huang-Fu ...?

Grr ル...

!

Grrrrr

Minen-Sicher-heits-dienst!

Öffnen Sie die Tür!

Bamm Bamm

Sie sind Ko?

Da der Bund in der Mine keine Zweigstelle hat, wird der Sicher-heitsdienst Kai in Gewahrsam nehmen.

Wer ...?

Ja.

Inspek-tionsbehörde der östlichen Zweigstelle, erste Ein-heit.

Der Diamantenjunge kommt in Gewahrsam ...

... und sein Meister in Haft! Sofort!

Wir sind der Sicherheitsdienst und unterstehen dem Aquamarin der zwölf Steinbilder!

Ngh!

Ich hatte es mir schon gedacht ...

Was ...?

Haft ?!

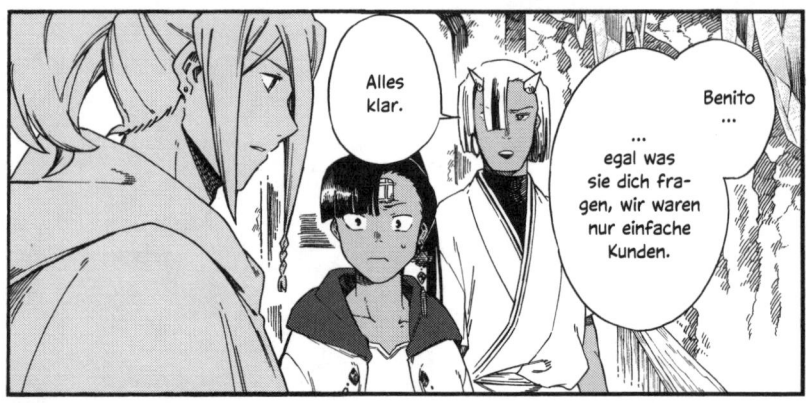

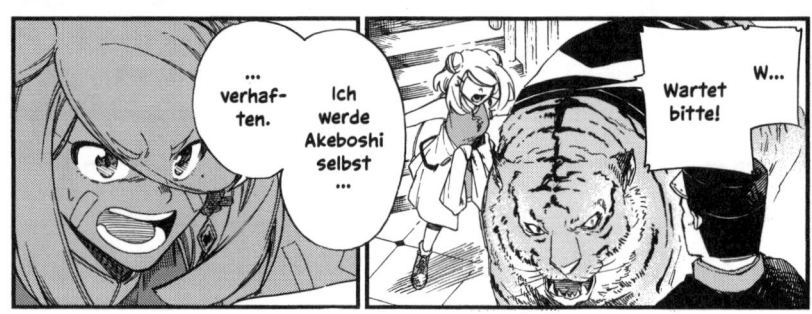

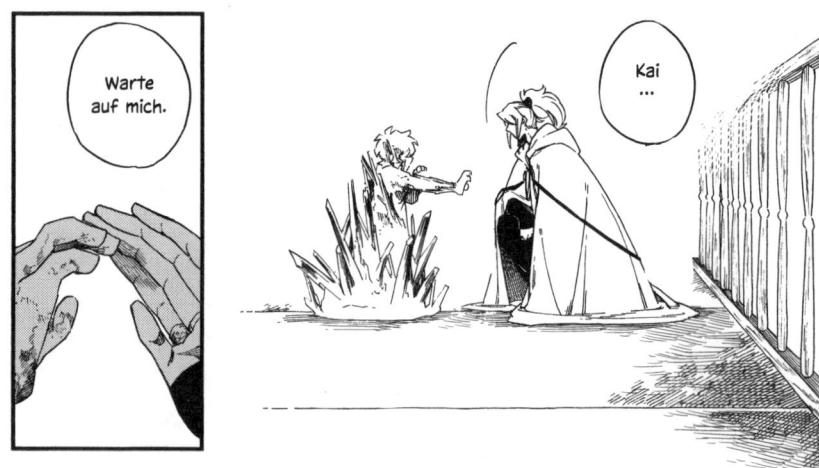

Ich schwöre ...

... ich verwandel dich zurück.

Ja.

Herr Ake-boshi ...

Ich bin es, die sich entschuldigen muss.

Tut mir leid, dass du das jetzt machen musst.

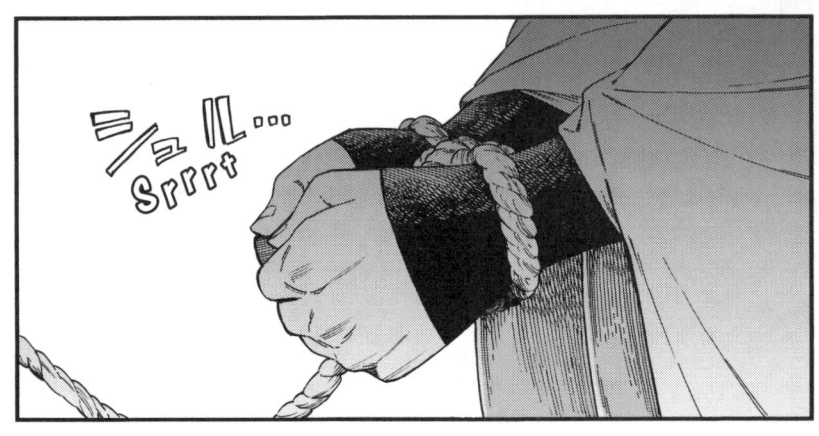

Sie werden nun zum Herrscher Aonibis, Fürst Tsuzumi, geführt!

...!

Wir wurden noch nicht ent- lohnt!

Ich arbeite solang an der ulti- mativen Waffe!

Ihr müsst wieder- kommen!

Das wird euch euer letztes Hemd kosten!

All euer Gespartes wird dafür nicht rei- chen!

Wir warten und perfektionieren Kais Waffe.

Genau ...

Sicher ...

Ganz sicher ...

... werden sie zurück- kommen ...

... die Essenszeit ist seit 30 Sekunden vorbei.

Fürst ...

Hä?

Gipfel der Mine

Plack

Jaja ...

Er also ...

Der Aquamarin der zwölf Steinbilder ...

Ich darf aber keine Gewalt anwenden.

... muss ich erst freikommen.

Um Kai zurückzuwandeln ...

196

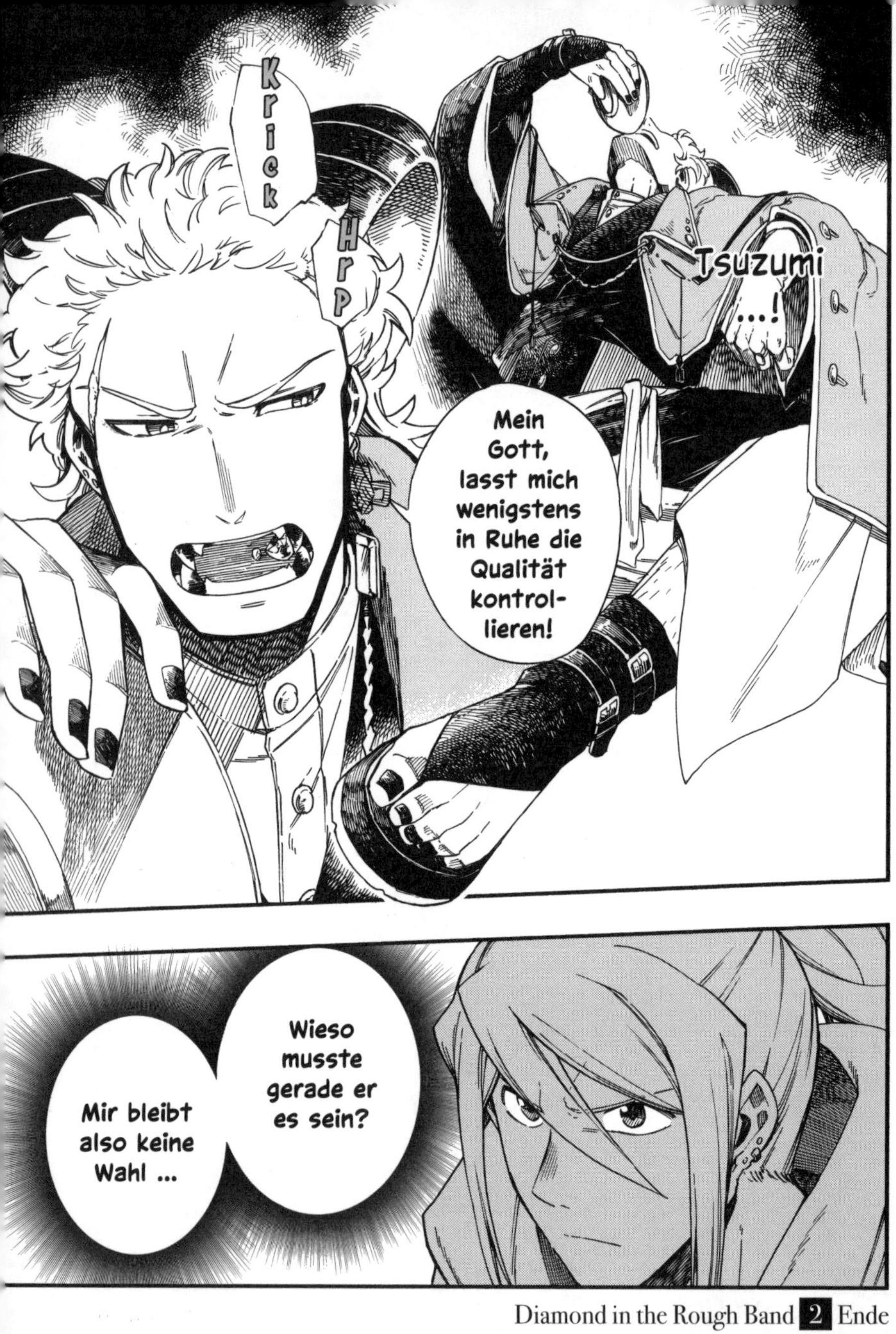

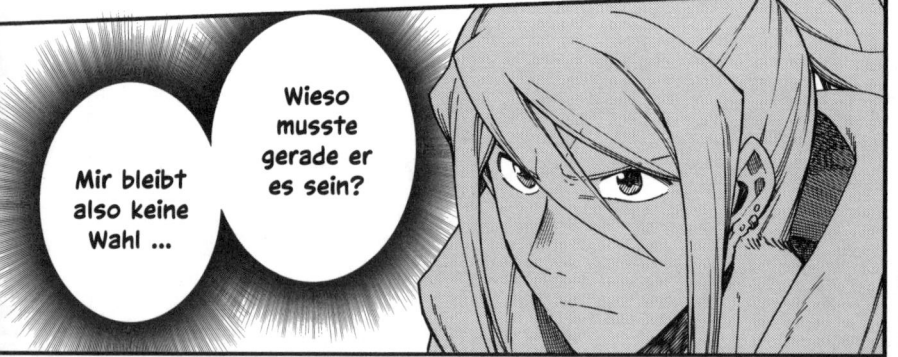

Diamond in the Rough Band **2** Ende

Was soll ich für so viele Leute kochen?

Hm ...

Oder soll ich mich verwöhnen lassen?

Aber du bist Gast!

Soll ich helfen?

Ich war mal Hilfskoch!

... machen wir Gyoza!

Eisenblumenlauch
Zäh, wird beim Kochen knusprig

Kohl
Knackige Blattspitzen

Schweinefleisch, Eisenblumenlauch, Kohl ...

Na also, damit ...

198

とﾞ Tadaah ん

Ihr helft beim Formen!

Dann mal los!

K... Kai ...

Ja ...?

In Muschelform bitte!

Dann wird es Zeit!

Ich hab das noch nie gemacht ...

Äh ...

Ich geb mein Bestes!

Es ist also auch dein erstes Mal?

Kommt die etwa aus reichem Hause?

Machen das Köche nicht mit Spezialmaschinen?

Können das normale Leute überhaupt?

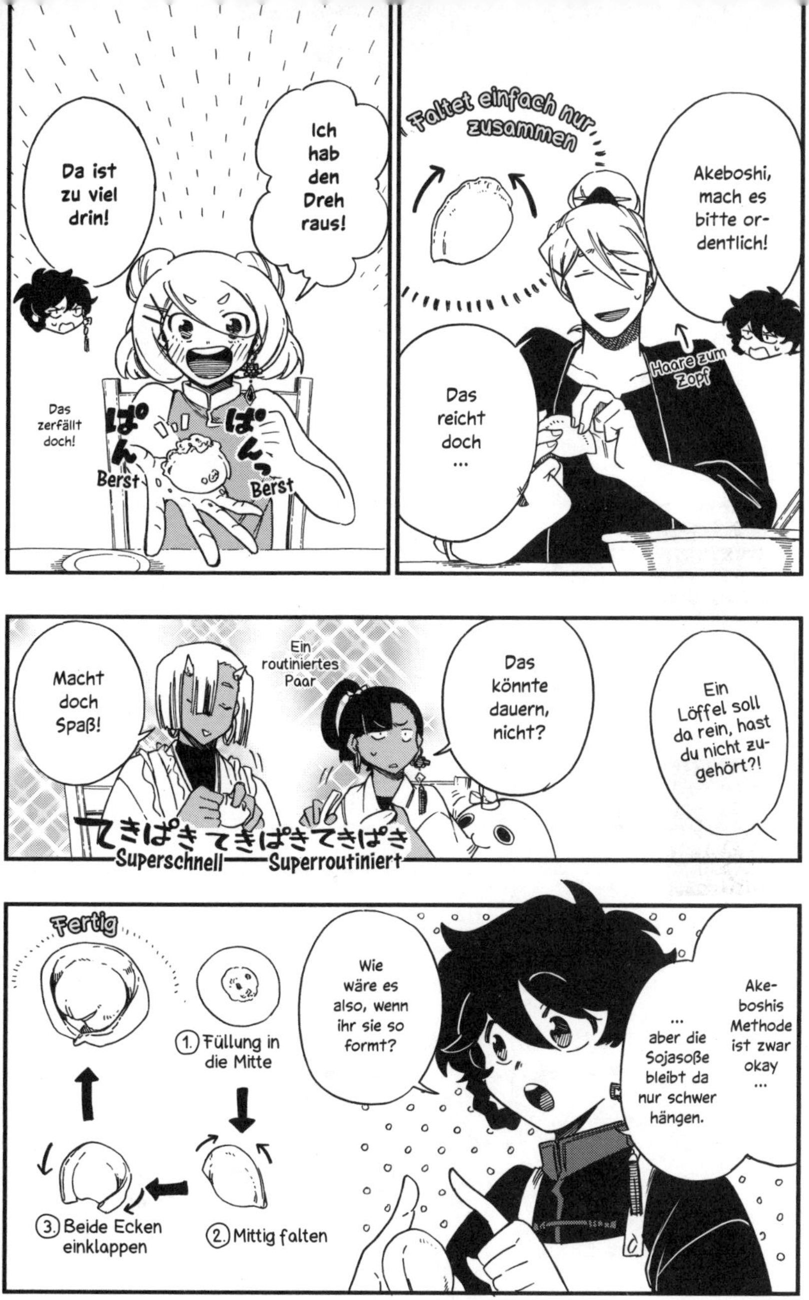

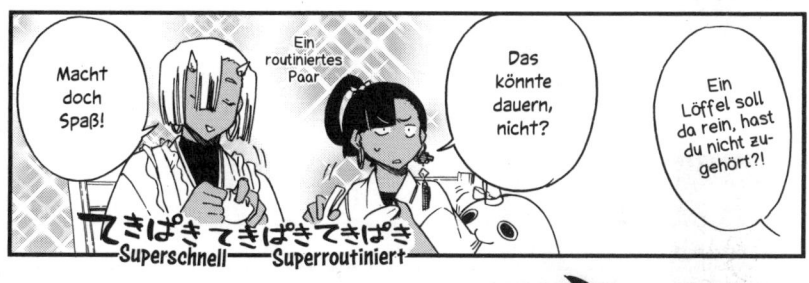
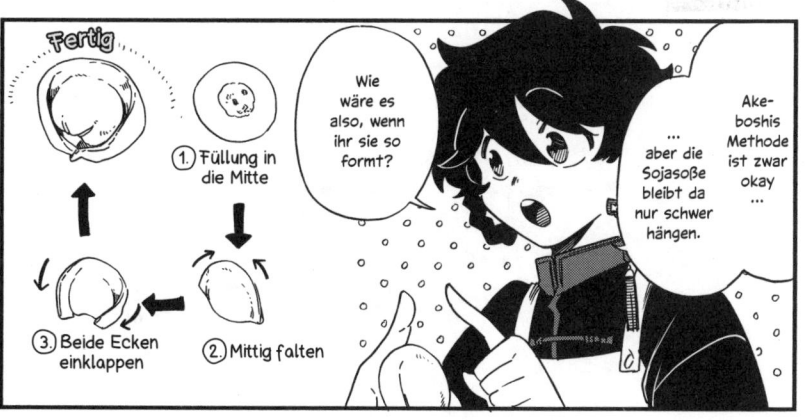

...

Sieht wie ein Hut aus ...

Nicht wahr?

Das schaff ich!

Schaut doch gut aus!

Kai, was hältst du davon?

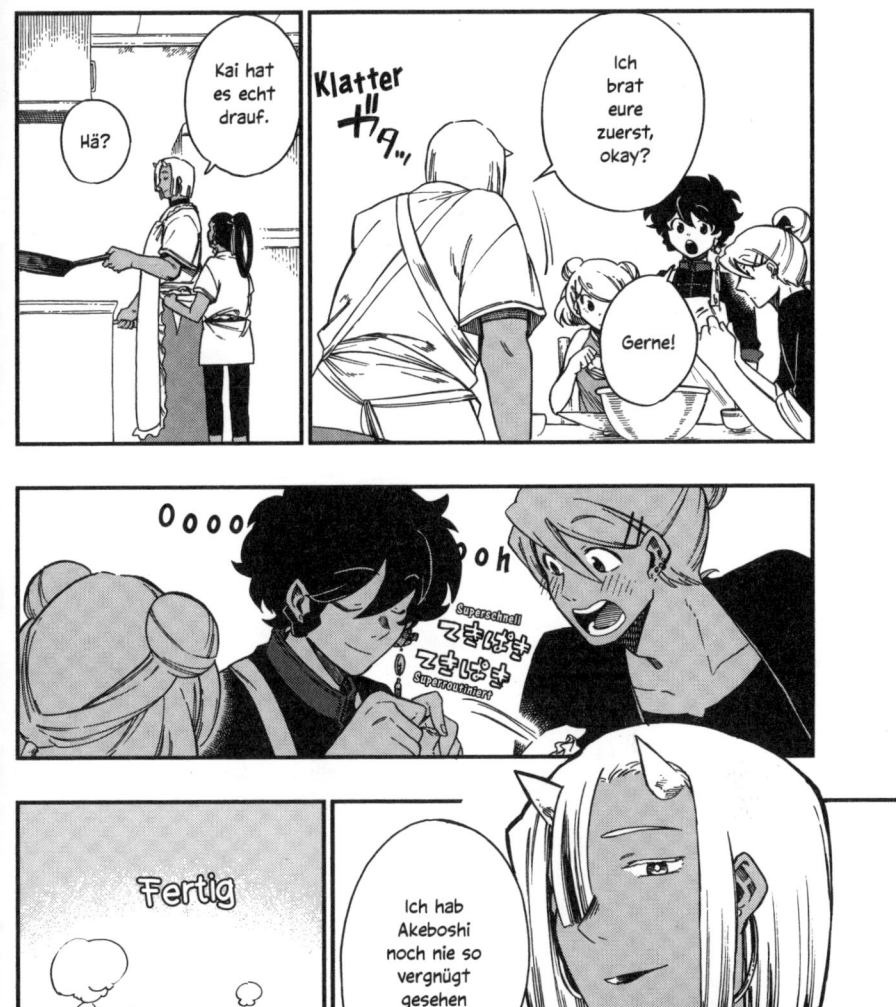

Ende

Nachwort

🎗 **Assistenten** 🎗
Kan Ogawa
Minoru Tomoeda
Kure

🎗 **Logo- und Cover-Design** 🎗
SAVA DESIGN

🎗 **Taschenbuchausgabe** 🎗
Eiichiro Chiba

🎗 **Designassistent** 🎗
Bo

🎗 **Redakteur** 🎗
Junichi Tamada

Danke, dass ihr Band 2 gekauft habt!

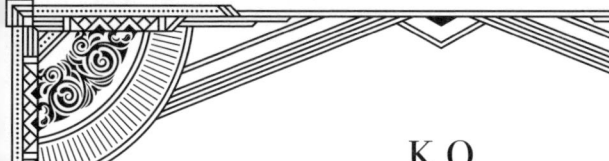

K O

Alter
- 14 Jahre

Geburtsmonat
- Saphirmonat (September)

Größe
- 148 cm

Hobbys und besondere Fähigkeiten
- Schmieden
- Kalligrafie
- Huang-Fu bürsten

Vorlieben
- Tee trinken
- Reis mit vielen Zutaten gekocht

Abneigungen
- Menschenmengen
- Faulheit

Gute Körperhaltung
beim Essen →

KUROTOBI

Alter
- 26 Jahre

Geburtsmonat
- Opalmonat (Oktober)

Größe
- 176 cm

Hobbys und besondere Fähigkeiten
- Keine

Vorlieben
- Schöne Sachen
- Junkfood

Abneigungen
- Keine

← Kann noch nicht mal richtig essen.

DIAMOND IN THE ROUGH

Vom Schicksal geschliffen

NAO SASAKI

✦

Meine Wohnung ist derzeit dafür
zu klein, aber hätte ich im Zimmer eine
Mineralienecke, würde ich den ganzen
Tag dort verbringen.

AF289311

altraverse

Deutsche Ausgabe / German Edition
© Altraverse GmbH – Hamburg 2023
Aus dem Japanischen von Gregor Wakounig

ARAGANE NO KO © 2020 by Nao Sasaki
All rights reserved.
First published in Japan in 2020 by SHUEISHA Inc., Tokyo.
German translation rights in Germany, Austria and German-speaking
Switzerland arranged by SHUEISHA Inc. through VME PLB SAS, France.

Redaktion: Johannes Marschallek
Herstellung: Vivien Bergau
Lettering: Vibrant Publishing Studio

Druck: CPI books GmbH, Leck
Printed in Germany

Alle deutschen Rechte vorbehalten.
ISBN 978-3-7539-0893-9
1. Auflage 2023

www.altraverse.de